◆◆ 中国文学名家散文精选丛书

野草的歌唱

卢江良 著

江西高校出版社
JIANGXI UNIVERSITIES AND COLLEGES PRESS

南 昌

图书在版编目（CIP）数据

野草的歌唱 / 卢江良著 . -- 南昌：江西高校出版
社 , 2025. 6. -- (中国文学名家散文精选丛书).
ISBN 978-7-5762-5639-0

Ⅰ . I267

中国国家版本馆 CIP 数据核字第 20245W2Q99 号

责 任 编 辑　晏仁琼
装 帧 设 计　夏梓郡

出 版 发 行　江西高校出版社
社　　　　址　江西省南昌市新建区工业二路 508 号
邮 政 编 码　330100
总 编 室 电 话　0791-88504319
销 售 电 话　0791-88505090
网　　　　址　www. juacp. com
印　　　　刷　鸿鹄（唐山）印务有限公司
经　　　　销　全国新华书店
开　　　　本　650 mm×920 mm　1/16
印　　　　张　13
字　　　　数　160 千字
版　　　　次　2025 年 6 月第 1 版
印　　　　次　2025 年 6 月第 1 次印刷
书　　　　号　ISBN 978-7-5762-5639-0
定　　　　价　58.00 元

赣版权登字 -07-2024-1070

目 录
CONTENTS

第一辑

第二辑

第三辑

第四辑

第五辑

第一辑

我与鲁迅先生

前几天，妻子在微信上开玩笑说，你儿子现在牛了，竟然将 QQ 昵称改成了"当代鲁迅"。儿子今年 15 岁，读初三，虽然在语文课上学过鲁迅先生的若干散文，但还不至于崇拜到如此地步，只能说深受我的影响。

作为一名写作者，我与鲁迅先生的"关系"，可谓非同一般。

我老家所在的绍兴市越城区富盛镇乌石村，就是鲁迅先生短篇小说《祝福》中"阿毛"的原型地。据说，鲁迅先生家的祖坟，在我们村边上的调马场村（后与青塘村合并，现名"青马村"）。那个村是山村，不通水路。鲁迅先生小时候，他家来上坟，要先摇船到我们村，然后上岸，走路去那个村。当时，我们村的土地庙香火鼎盛，逢年过节都要演社戏。因为戏台就在岸边，鲁迅先生他们就待在船上观看。有一年，我们村有个小孩，一个人在弄堂口剥毛豆，被后面田畈过来的一只毛熊（我老家对"狼"的称谓）给叼走了。鲁迅先生听说了这事，记在了心里，成年后，写进了短篇小说《祝福》里。

这个故事，在我孩提时代，听父亲讲过。不过，不太听得懂，只记住了有个写文章的人叫"鲁迅"；也因为那个被狼叼走的小孩家所在的弄堂，就在我家那排楼屋最右侧处，由于通向广阔的田畈，夏天风很大，颇为凉快，我们常坐在那里，编麦秆扇（赚手工费，补贴家用），所以我时不时会想起那个被狼叼走的孩子。后来，1999年左右，我获赠绍兴市文联主编的一套书，其中有一本中写到了这桩轶事，而且比父亲讲的更详细，还写到鲁迅先生小时候与他的弟弟周作人，经常一道去踏看同样在我们村的"跳山大吉碑"（正式名称"建初买地摩崖石刻"，现为"全国文保单位"，我父亲在世时，被聘为业余文保员，曾悉心看护十多年）。

鉴于这层关系，我读中学时，接触到鲁迅先生的作品，感到特别亲切，没有其他作家所说的"违和感"。当然，这也许跟我与鲁迅先生同为绍兴人，语言上没有隔阂（不存在看不懂这个问题），有一定的关系。还有一个因素，我们高二上学期的语文老师董铭杰先生，毕业于浙江师范学院（现在的"浙师大"），本身是一位才华横溢的作家（他后来为我兼任执行主编的一本杂志写过好几年稿，直至病逝为止），他对鲁迅先生作品的讲解，有别于其他语文老师，精彩、生动、风趣，使我从此爱上了鲁迅先生的小说，并激发了对写作的莫大兴趣，立志成为一名作家。

高中毕业后，我业余从事文学创作，特别希望成为鲁迅先生那类作家。受这种欲望的强烈驱使，我有意识地阅读了大量外国现实批判主义作家的经典作品，像契诃夫、莫泊桑、欧·亨利、巴尔扎克等的中短篇小说。然而，由于受鉴赏水平的局限，虽然偏爱鲁迅先生的小说，基本上每篇都反复诵读，但事实上并未真正领悟其含义，只是拙劣地学了一些批判的手法，运用到正在创作的微型小说中，像《抢来的蛋糕》《洋房里的女人》《送花的男孩》《第十个流浪儿》《笑队队员》等，大多停留于简单地反映人性善恶的层面上，极少涉及所处时代的背景和社会问题。

2000年后，我从绍兴来到杭州，不再满足于"小打小闹"的微型小说创作，开始从事短篇小说创作，加上接触了刚兴起的互联网，每天浏览大量文学方面的信息，阅读了钱理群、张梦阳等学者深度剖析鲁迅先生作品的评论，对鲁迅先生的小说有了新的认识，真正理解了其深刻的思想内涵。同时，卡夫卡、萨特、加缪、昆德拉、博尔赫斯、奈保尔等一大批作家涌入了我的视线，让我侧重鲁迅、契诃夫的"批判主义"的前提下，融合了一些卡夫卡的"荒诞主义"与萨特、加缪的"存在主义"，逐步形成自己的小说风格，创作了《在街上奔走喊冤》《要杀人的乐天》《逃往天堂的孩子》《在寒夜来回奔跑》《无马之城》《小镇理发师》《乡村建筑师》《谁打瘸了村支书家的狗》《狗小的自行车》等一批短篇小说以及长篇小说《城市蚂蚁》。

这批短篇小说在网络上陆续推出，很快在全国范围引起了较好反响，读者和评论者不约而同地认为："批判有力、震撼心灵，颇具文坛巨匠鲁迅之风。"2005年，结集出版前，出版方要在封面上打上"当代鲁迅"的字样，被我断然拒绝。虽然，鲁迅先生是我的文学偶像，我梦想成为他那样的作家，但他是一座高峰，我辈可以仰望，不敢造次。后来，出版方只好向我妥协，改为"21世纪中国最具批判力小说"。但在"创作简介"中，还是引用了读者和评论者的那段跟鲁迅先生相关的评价。

就在这个节骨眼上，我的《狗小的自行车》被推上中国小说学会的"2004年中国小说排行榜"，承办活动的报社要出版上榜作品，来电话问我要照片和简介，我顺便将那个"创作简介"复制给了对方。事后，当初来电的编辑又向我约稿，说要刊登在他们报纸的副刊上。我给了3篇新写的散文。不料，最后一篇发表的同期，那位编辑在"编者手记"里，对我"创作简介"里的那句"颇具文坛巨匠鲁迅之风"大做文章，指桑骂槐地指出："有一次我看到一个作者的'简介'，让我'吃惊'并记住了……如此'简介'，如果不是他的自吹，就是他被评论家吹昏了头。"这让我大为恼火，首次因为"鲁迅先生"而引起争端，当即写了一篇反击文：《鲁迅是一尊碰不得的神？》，提出质疑："鲁迅先生是一尊世人碰不得的神？不允许任何人学习，也不允许任何人比较？"

在2000年至2004年间创作的短篇小说，结集以《狗小的自行车》为书名由花城出版社出版后，我希望在创作道路上有新的突破，在创作风格上进行了适度调整——从2005年起，注重于鲁迅、契诃夫的"批判主义"语境下对时代背景的有力介入，并逐渐加重了卡夫卡的"荒诞主义"与萨特、加缪的"存在主义"，创作了《赵子龙的枪》《一个会飞的孩子》《大街上撒满黑钉》《哭泣的奶牛》《村主任的功德碑》《梦想制造者》《洪大的摩托车》《穿不过的马路》《装在墙上的"猫眼"》等短篇小说以及长篇小说《逃往天堂的孩子》。

到2013年初，社会环境发生了变化，为了让自己的小说有"出路"，我对创作风格再次进行调整，淡化了鲁迅、契诃夫的"批判主义"，强化了卡夫卡的"荒诞主义"与萨特、加缪的"存在主义"，创作数量也有所减少，只创作了《六楼的那个露台》《这怎么可能？》《在劫难逃》《跳动的耳朵》《伤口》等寥寥无几的短篇小说。鲁迅先生在我的创作道路上时隐时现。

2019年后，父亲多次住院，让我无心投入小说创作，重点创作一些短小的文化随笔和亲情散文，并应一家杂志的约稿开设专栏，写了一组解读文艺大师的随笔。到 2020 年 5 月底，父亲的突然离世，使我陷入巨大的悲痛之中，彻底停止了小说创作，偶尔写几篇怀念父亲的散文以及文化思想类随笔。同时，由于工作需要，开始撰写宗教文化稿。还应龙泉宝剑厂掌门人张叶胜先生邀约，撰写长篇报告文学《中国宝剑史：龙泉宝剑》一书。鲁迅先生似乎退出了我的创作语境之中，成为我创作道路上的一位过客。

然而，鲁迅先生在我心目中的地位依旧崇高。2022 年 3 月，绍兴电视台拍摄我的一个访谈里，我这样说道："我从 1991 年开始写作到现在，已经差不多三十多年了。在这个过程中，我们搞写作肯定会要了解很多作家的作品，也受过很多作家的影响，但是在中国作家里面，我受到最大影响的就是鲁迅先生。"这是我对鲁迅先生的一种致敬，也是对我与他之间的那种关系的总结。

在此之前，他对我的重要性，也从文学创作跨越到了与这个时代的"对接"上。因为我发现：鲁迅先生真正的伟大，在于几乎看透了所处的时代，懂得如何去融合，免受不必要的伤害。也因为他有看透时代的能力，创作的作品自然也就无比深刻，为其他作家所无法企及。鉴于此，我总是教导自己的孩子，以后不一定要成为作家，但要深入了解这个社会，看得透这个时代。只有这样，才能绕过生活中的很多"坎"，更好地跟这个时代接洽。而要看透这个时代，必须持有一种批评的精神。所以，鲁迅先生永远是我们学习的榜样。

我的阅读史

在我的人生中，能构成"史"的，只有两样东西，一样是"阅历"，另一样便是"阅读"。关于"阅历"，在我过去的写作里，已无数次被提及。但"阅读"，在我已逝的岁月里，始终被尘封着。这倒不是不值得回味，而是其中所隐含的苦涩，令我自己不堪回首——

我的阅读源于童年时代，那时我没识几个字，但对它产生了浓厚兴趣。在我朦胧的记忆里，总能浮现这样一个场景：在冰天雪地的季节里，父母外出干活了，两个姐姐在上学，我独自待在阁楼里，盘脚坐在地板上，脚跟前摊着一堆连环画，在聚精会神地翻阅……

那堆连环画中有《西游记》《水浒传》《三国演义》《封神榜》《永不消逝的电波》《绿野仙踪》《木偶奇遇记》等，但没有一本花钱买的，要么是亲朋好友送的，要么是我用烟盒换取的，它们向我展示了一个个有趣而神奇的世界，让我学会了辨别真善美与假恶丑的能力。

当然，那时的阅读，只是自发性质的。而真正自觉阅读，是在高中时代。那时，我开始迷恋文学创作，梦想成为一名作家，阅读便成了我生活之重。说来可能令人质疑，在读高中前，尽管我热爱阅读，但由于生活在农村，加上家境贫寒，从未拥有过一本文学书刊。

于是，在整个高中时代，我变相地省吃俭用，父母给的每周五元的菜钱，总要克扣出至少两元用来买书。新书是买不起的，我就去校图书馆借旧的，借来之后推说丢了，以极低的原价赔偿（如此数次，曾引起了图书管理员的怀疑），变着法子拥有了一批世界名著。

这批世界名著，帮我开启了文学之门，但对我的打击也是深重的，因为过度的省吃俭用，我的营养严重不良，一场重伤寒便趁虚而入，让我卧病在床一个多月，休学两个多月，等病愈后，还遗留了头晕、耳鸣等病症，导致我的学业一落千丈，最终与高校失之交臂。

高考落榜后，我放弃了复读，"野心勃勃"地向文学进军。但生活在偏僻的农村，这一切又是何等艰难！为了得到心仪的书刊，每次得骑上自行车，来回赶上六十多里，去城里的书店和报摊买。每去一趟，得花一天时间。而为了买多点书，每次都不吃午餐，整天饿着肚子。

后来，为了能在文学上有所起色，我离开了偏僻的农村，去省城甚至南下广东打工。那段时间，买书是方便了，但阅读变得不易。由于不具备大专以上学历，刚到城里的几年里，我挣扎于社会最底层，成天跟苦活、累活打交道，昼夜不分地劳作，难得有阅读的时间。

然而，正如鲁迅先生所说的"时间就像海绵里的水，只要愿意挤，总还是有的"。为了能更多地吸收知识，我总是等别人入睡后，趴在床上努力地阅读。几乎每天夜里，都因为白天的疲乏，而不知不觉地熟睡，等第二天早上醒来时，脸下还压着那本翻开着的书。

这样的"苦"读，使我的学识有了长进，写作能力不断地提高，作品陆续在报刊上发表或获奖。凭着这些文学创作上的收获，加上自身的写作实力，我终于告别了苦工岁月，开始从事挚爱的文字工作，赢得了与"阅读"为伍的机会，更加潜心地徜徉在知识的海洋里。

如今，经过二十年的不懈努力，我已从一名普通的农村高中生，成长为拥有正高职称的"国家一级作家"，在全国报刊上发表了二百多篇作品，荣获十多个具有权威性的文学奖项，公开出版了七本文学图书，还有三部小说被改编拍摄成电影，在业界具有了一定的影响力。

此刻，在我回首往事之际，不禁深深感激那苦涩的"阅读"。因为正是它与"阅历"一起，像我的两只无形的"脚"，一直支撑着我的整个人生，并让我不断地前行，走出了一个崭新的天地。它们不仅让我彻底改变了自身的命运，更使我活得比一般的人更具价值和尊严。

写作路上的
：明灯：

光阴荏苒，在文学道路上，已跋涉了 25 年。在这个过程中，遇到过无数老师，绝大多数是已故大师，诸如鲁迅、契诃夫、卡夫卡等，这个名单可以列得很长，也有一些现实中的师友，而印象最深的是这四位。

董铭杰老师，教我高二语文。他毕业于浙师大中文系，还在读高中的时候，就在《浙江日报》发表过诗歌和散文。由于有文学铺底，他教的语文课，与其他教师不太一样，很注重对细节的分析，比如讲到精彩处，会重复三四遍，直到逗得我们捧腹大笑为止。

他对于我文学上的意义，更多的是启蒙的作用。应该说，在上他的课前，虽然我喜欢文学，但还没课余写作。他的出现和启迪，让我真正热爱文学，并尝试着写作。更值得一提的是，我写的课堂作文——议论文，以前总被批为"乱七八糟"，而在他看来是那样"别出心裁"，这极大地激发了我创作的信心，从此立志要成为一名作家。

路祥老师是第二位。当时，我还在读高三，因热爱文学创作，去河北文学院函授，路祥老师就是指导老师。随着时光的流逝，如今我已记不清，他具体指导过什么。我只记得有一封信里，他曾这样告诫我，一定要写永恒的东西，比如人性、爱情、命运等。

路祥老师的这句话，对于他自己而言，也许是不经意写下的，但为我的创作指明了方向。从读到那封信开始，我就有意识地遵此创作，直到过了 10 年，我确立创作基点时，依然不忘初衷，定位于"关注人性、关注命运、关注社会最底层"。

第三位是汪志成老师。汪志成老师是绍兴的知名作家，我在绍兴县文联打工时，跟他来往较多，特别是夏天的晚上，经常会去他家跟他聊文学。那个时候，我已写了近 10 年小小说，逐渐产生不满足感，觉得它体量太小，无法容纳更多的思想，决意转写短篇小说。

然而，由于对小小说操练时间过久，已形成了固定的思维模式，面对陌生的短篇小说，一时间无从下手。于是，我去找汪老师讨教。还是在汪老师家里，与他隔着一张方桌坐着，他这样告诉我："如果把小说比作一株树，小小说是一株小树，短篇小说是一株大树中的一段，但通过它可想见整株大树……"顿时，我恍然大悟。

我要说的第四位老师，是《北方文学》的编辑，叫付德芳。正确地说，我跟她是作者与编辑的关系。那时，我刚从绍兴到杭州，放弃了小小说创作，专注于短篇小说，两年时间内，写了七八篇，全国各地到处投稿。付老师是位敬业的编辑，对我做到每稿必复，更难能可贵的是，还会附信提出中肯的意见。

记得，我投稿给《北方文学》，前几次均以失败告终。到了最后一次，付老师直言不讳地指出：你的小说还停留在通俗文学上，你把故事讲得太满了……她的那封信很简短，但上面的每一个字，现在想起都比金子值钱，它让我对严肃小说有了新的认识。也就在那封信后的一年里，我有四五个短篇小说，经她的手发表在《北方文学》上。

在 25 年的文学旅途中，让我受益匪浅的师友，自然不止这么几位，但这四位的教导，在我的整个创作中，起着决定性的因素，它们像一盏又一盏的灯，照亮了我创作的不同时段，让我能够跋涉至今，并将继续前行。

写作者的生活方式

最近二十年里，经常有人会好奇地问："你们作家的生活，跟普通人有什么不同？"每当那个时候，我首先会纠正："作家就是普通人。"然后，告诉对方："别的作家怎么样生活？我不是很清楚。至少作为一名写作者，我跟常人没有本质的区别。"

不过，在我周边的文友中，确有不少有别于常人的，他们每到一个场合，就堂而皇之地自我介绍："我是作家！""我是诗人！"特别是后者，每次在酒店聚餐，不管包厢还是大堂，酒过三巡，来了兴致，必定要诗朗诵，唯恐别人不知他们是诗人。

还有一些文友，经常以"采风"的名义，游荡于各地，甚至春节也不例外。有好几个正月初一，我正在老家过年，有不同的文友打来电话，说跟一帮文友在野外欢聚，让我一道过去。每到那时，我一概婉言谢绝，说自己在老家正准备招待客人呢！

更有甚者，为了文学，轻易放弃工作，以"职业作家"的身份，或闭门造车式地苦写，或在社会上到处招摇。经年之后，作品倒鲜有问世，即便有，也反响平平，导致的后果——前者入不敷出，穷困潦倒；

后者则变身文坛活动家，成为圈内笑话。

我练笔迄今，已将近三十年光景。但在这漫长的时光里，我从未将"写作"与"生活"混为一谈。我始终坚守这么一种理念：在生活中，你就是一个平常人；在写作时，你才是一名写作者。只有将两者区分开来，"写作"与"生活"才能各自安好。

由于坚守这样的理念，在生活中，我从不标榜自己是作家，有人问："你从事什么工作的？"我回答："搞文字的。"凡要填写跟文化领域无关的表格时，一律填写"编辑"这个职业。所以，这么多年，除了文化领域，极少有人知道我是一名写作者。

在家里，我的角色也只是儿子、丈夫、父亲，从来没以"作家"自居过。定居这座城市二十多年，换过两次住房，从未设置过独立书房；无论自己写得多么投入，只要家人吩咐，就立马起身去做事；也从不领文友到家里谈天说地，影响家人正常生活。

我的装扮，同样看不出与常人有什么差别，只是不爱着正装，习惯穿得休闲一些，夏天棉麻衬衣、冬天牛仔衣裤为主打。2020 年下半年开始，我的下巴蓄起了一些短须，有些久别重逢的朋友问："你也文艺范了？"我说，不是，我是纪念我的父亲。

记得，2022 年春节后，有一家电视台采访我，让我给喜欢写作的朋友提一些建议，我提的其中一条就是：先生活，再写作。我认为，一名写作者，特别是小说作者，如果连生活都过不好，说明与这个社会格格不入，那创作的作品自然会跟时代脱节。

确实，作为一名写作者，只有以平常人的姿态，全身心地投入于现实中，跟火热的生活打成一片，才能深刻了解社会的方方面面，才能切身体会尘世的悲欢离合，才能精准把握这个时代的脉搏，才有可能创作出"源于生活，却高于生活"的精品佳作。

当然，作为一名写作者，你写作的时候，必须与常人有所不同，你不能跟世俗苟合，你不能向现实妥协，你要以高度的社会责任感、丰厚的文化积淀、敏锐的洞察力、独特的见解和视角，用心书写每部作品，让其闪烁着时代的光芒，去烛照读者的心灵。

中国自古存在"入世""出世"两种生活方式，前者指"投身于社会"，后者指"超脱于凡尘"。这两者看似矛盾，实则相辅相成。作为一名写作者，如果把"生活"当作"入世"，把"写作"当作"出世"，那么只有"出""入"得宜，或许才能有所作为吧！

中国自古存在"入世""出世"两种生活方式，前者指"投身于社会"，后者指"超脱于凡尘"。这两者看似矛盾，实则相辅相成。如果把"生活"当作"入世"，把"写作"当作"出世"，那么，对于每一位写作者，或许只有"出""入"得宜，才能有所作为吧！

德国作家马丁·瓦尔泽离世不久，我在一个公众号看到了一张他在书房的照片。这位德国战后文学史上，除海因里希·伯尔和君特·格拉斯之外，最负盛名的作家，他的书房是一间低矮倾斜的板房，伏案写作的书桌老式陈旧，两个贴在板壁上的书架简易单薄……这一切，让我不由地联想到"写作者与书房"这个话题。

去年深秋，我应邀参加一个文学活动，在晚餐期间，主办方负责人说想给她的父亲，也是一位写作数十年的老作家，量身定制一间高品质的书房，问我们打造成什么样最理想？在座的几位七嘴八舌地"建言献策"。见我始终不吱声，她特地向我咨询，我便如实相告："我对书房没任何要求，只要能坐下来写作，就行。"

我如是回答，是基于实情。虽说我从事文学创作三十余年，但从未真正拥有过一个书房。只有在我 24 岁那年，老家建成若干年的楼房装修，父亲考虑到我写作的需要，在低矮的第三层的左边间，用木板将前半间搁出来，打造成一个小书房。尽管里面有书柜、书桌和木板床，可我几乎没当过书房，只是用来存放书报刊。

因为从 21 岁起，我在老家待的时间，拼起来不会超过两年，其余的日子都在城里，曾辗转于杭、穗、越等三地，后定居于杭城。在这漫长的三十年间，我写作的处所，前期是装修的工场、商店的集体宿舍、堂弟的卧室、租住的平房，后来成了家买了房子，迫于居住条件，阳台和主卧一角，先后充当了书房的角色。

记得，尚在绍兴城里打工期间，我写过一篇散文，描绘过自己当时的写作处所："那房宛如一头蜗牛蜷缩于一条长长的弄底里，而那弄走道两旁由于弄里人家早已搬迁，人迹寥寥，便长年累月堆积着一些废弃的马桶、家具之类破旧杂物……"由于那间租房，实在太脏乱不堪了，我便给它取了一个名称，叫"脏弄书室"。

当然，这么多年来，我也不是没有设想过"书房"的样子。在最后一次来杭城打工的头几年，尚未购买第一套房之前，我曾经在一篇名为《梦想一套现实中的房》的散文中这样写道："对于那个场地（书房），也许是我对整套住房要求最高的部分，它的四壁必须用散发木香的杉树包装，合上门便自成一个独立的天地。"

然而，在生活中，梦想总会跟现实脱节，等你慢慢适应之后，梦想也就变得现实。于是，对于书房，我就不再奢望如自己在《梦想一套现实中的房》中描述的那样："在这个房间的四壁，我会悬挂上自制的木饰壁画；书柜的空位处，我要点缀上收集的古罐陈坛；每天伏案的台桌上，我会摆放那盆出自深山的九节兰。"

其实，对于写作而言，书房并非那么重要。前段时间，我在网上浏览，看到一篇"关于几位文学大师奇特的写作地点"的推文，发现也不是每位作家都对书房有所讲究，像巴尔扎克总将自己锁在小黑屋里、卢梭酷爱坐在烈日下、萧伯纳喜欢去野外、法布尔必须到陌生的地方，罗丹和富兰克林则癖好泡在浴缸里……

也就是说，他们根本不需要书房！不过，像他们那般奇特的毕竟少数。对于我们大多数写作者来说，书房还是需要的。那么，拥有一间什么样的书房才适宜？这或许因人而异。有条件的，可布置得高档些；没条件的，就搞得简陋些。我认为，对于写作者而言，书房作为其写作的处所，只要待在里面写得出作品就行了。

写作者与他们的藏书

20 世纪西班牙语世界最有影响的作家之一博尔赫斯曾说:"如果世界上有天堂,那一定是图书馆的模样。"由此可见,图书馆在这位大半辈子从事图书管理工作的"作家中的作家"心目中的地位。不过,在笔者看来,深受其尊尚的,与其说是图书馆,不如说是其中的大量书籍。

确实,对于每一位写作者而言,书籍的重要性不言自喻。它们不仅能让他们借鉴前人的宝贵经验和智慧,无限地拓宽视野和自我成长,还能让他们在身处逆境时,汲取无形的安慰与力量,在写作或人生的道路上不断前行,这正如法国作家斯特凡妮所说:"书籍是一座移动的避难所。"

鉴于此,古今中外无数文人嗜书如命。最为典型的,要数明代文学家胡应麟,他乃一介布衣,为了求书,"穷搜委巷、广乞名流、录之故家、求诸绝域、典衣废食",甚至于"尽毁其家"。还有清代学者叶德辉,则视书籍等同于妻子,说出了"妻与藏书,概不出借"这类惊人之语。

作为一名写作者,笔者对于书籍的态度,虽达不到上述人物那般痴狂，但同样看得极为重要。回想笔者写作之初，每次骑车从老家去城里购书，从来不吃午餐，目的不外乎节约几块钱，能多买一二本书。到城里工作后，逛得最多的地方，就是书店；买得最多的物品，无疑就是图书。

挺有意思的是，前几年因拆迁搬家，几名搬运工见货物不多，装不满一车，颇为开心。等到搬运时，发现大多是图书，看着不占地方，实质颇沉，从原住宅运下来还行，因为只是二楼；可新住宅是跃层，底层在六楼，没有电梯，累得够呛，加钱让他们搬至七楼，说什么也不同意。

搬家后不久，有一次，孩子问："我家是什么家庭？"笔者说："应该算是'书香门第'吧。"妻子不这么认为，笔者也没有坚持，改口说："那就'书多门第'吧。"而在这件事情发生的前后，笔者经常跟一些朋友开玩笑："我家最多的是书，最少的是钱！"虽说是调侃，但也合乎实情。

由于购买了太多书，存放成了问题。于是，家里除了洗手间，每个房间都有书柜，少则一个，多则三个，包括过道也是如此。记得，有一回，参加一个活动，主办单位负责人问，要怎么样打造一个书房？笔者回答："我在家里没有书房。"事实上，笔者家里，处处都可以作为书房。

不过，尽管拥有大量藏书，整本读完的可不多，绝大多数只读了一部分，还有少数几乎没读过，就尘封在了书柜里。其中的好些书籍，去书店购买时翻阅的页数，就远超买来后研读的页数。为此，很多时候，看着那些书，总会有一种愧疚，觉得由于自己的懒散，怠慢和浪费了它们。

然而，每当去逛街，见到书店时，还是会不假思索地进去，看到有自己喜欢的书，依然会毫不犹豫地买回家。而当那些书摆放在书柜里时，纵然没有时间一一阅读，可每次看到它们，总会感到一种欣慰，因为自己拥有了它们。不知道其他写作者是否有过类似的经历或相同的心态？

当然，对于写作者来说，藏书不仅仅为了读书，更多的还是为了写作。就像胡应麟酷嗜藏书，其实是认为"以著述传世以为不朽"。事实上，他后来如愿达到了这个心愿——在文献学、史学、诗学、小说及戏剧学等方面均取得突出成就，被《四库全书》评为"实亦一时之翘楚矣"。

笔者之所以藏书，自然也是为了"著述"，只是不敢奢望"传世"，更妄谈"不朽"了。但是，想将作品写出色，是一直努力的方向。所以，购买的书籍不限于文学范畴，还有哲学、艺术、宗教、历史、政治、经济等方面。其目的，为了汲取更多的"养料"，去"浇灌"自己的作品。

我坚守的写作之路

在这个充满调侃的浅阅读时代里，我的作品无疑是一个个异类。它会像一枚钉子敲击进你的心灵，让你感到无与伦比的沉重、激愤和疼痛。当然，我最希望它带给你的是内心的震撼——那是我对自己作品的终极追求。

很多年前，当我初涉文学创作时，并不清楚写作需要坚守什么，只是运用优美的文字，一味地编织着感人的故事。那时写作的最终目的就是发表，衡量自己作品优劣的标准，也看它能发在哪级报刊上。

后来，我领悟到那样的写作，只是一种不自觉的写作，它跟自己的心灵无关。那样写出来的作品，实则上只是文字的躯壳，不可能蕴含灵魂的活力。而一部真正的作品，字里行间应跳动着作者火热的心。

2000 年之后，我将"凭着良知孤独写作，关注人性、关注命运、关注社会最底层"作为写作基点。因为我所处的生存环境以及自己的成长历程，决定我只能书写这类题材才能跟自己的心灵真正接近。

由于跟"社会最底层的命运"紧密相连，这便注定我的作品的基调是沉重的，很多读者曾这样评价我的作品——充满良知，但不够温暖。这确是事实，但我未去改变。我缺乏面对底层人群的鲜血和泪水，却熟视无睹地欢快高歌的能力。

因为具备这样的特性，我的作品不会是赏心悦目的鲜花，而只能是长满利刺的荆棘。这也决定了它们的命运多舛。我的几乎每一篇作品，都历经磨难后才得以面世。可我依然遵循着内心的真实，凭着良知一味地书写着。

而我坚持如此而为，并不说明我的心有多黑暗，我只是想到在目前的社会里，还存在着一些阴暗的角落，而我希望用自己的笔靠近去，将他们暴露在太阳底下，使黑暗从此变得光明起来。这就是我写作这些作品的初衷和目的。

当我表明上述的创作立场时，曾遭受过如潮的奚落和讥讽，他们说这个家伙多像唐·吉诃德呀。也许他们的嘲笑是合乎情理的，因为在这个物欲横流的时代里，一切都变得无比实际和世俗，大多数写作者已抵挡不住利益的诱惑，心甘情愿地沦陷在现实的泥潭里。

对于这一点，纵观我们的四周，便可清楚地看到，大部分写作者已放弃了对心灵的坚守，开始不约而同地迎合、追风和伪造，他们的笔不再为内心服务，而一个劲地为利益拼命摇摆。然而，在这样的环境里，用心灵写作变得尤为重要。

其实，作为一位写作者，人们衡量他成功与否的，往往不是看他产出了多少数量的文字，而取决于他有没有写出震撼读者心灵的作品。而每一部能让读者震撼的作品，必定清晰地留有作者心灵的印痕。

记得，前不久一家网站在讨论：文学会不会死？我的回答是：文学不是那么容易死的，说文学会死是某些人的杞人忧天。我之所以肯定它不会死，是因为总有极少数的写作者依然坚持着心灵的写作，而文学的生命总会在他们的笔下维系和延伸。

写到这里，我不敢妄言自己就是维系文学生命的人。但作为跟灵魂打交道的群体，我们既然选择了写作这条道路，就很有必要摆出努力的姿态来，孜孜不倦地朝着那个方向进取。至于最终能否达到目的，那是另外一回事。

　　练笔至今，零星读过的作家，估计有数百位；较系统地读过的，有近百位。这些作家，大部分是国外的，大多数写小说的。问我喜欢哪些？可以列一大串：鲁迅、余华、巴尔扎克、昆德拉、加缪、萨特、奈保尔、马尔克斯、卡尔维诺、卡达莱、马拉默德……最喜欢的是谁？不是一位，而是两位：契诃夫和卡夫卡。

　　应该说，我的小说师承于他俩，糅合了他俩的风格——比契诃夫的不批判些，但荒诞一些；比卡夫卡的不荒诞些，但批判一些。契诃夫小说中的故事，一看就是生活中会发生的；卡夫卡小说中的故事，一看就是生活中不会发生的。而我的小说中的故事，一看就像生活中会发生的但又像不会发生的，或者一看就像生活中不会发生的但又像会发生的，反正你搞不清到底会不会发生。

　　我的散文和随笔，不存在任何师承，因为是我的小说的衍生品，无论结构还是语言，都源自我的小说，只是体裁不同而已。我基本上不写诗（指现代诗），写了也不能算是作品，因为我没那种才情。不过，我也读诗，读得不多，有读到过喜欢的诗，但还没读到过喜欢的诗人。一个诗人，只有他（她）的好些诗让我喜欢，我才喜欢他（她）。

特别需要说明的是，在我写作迄今的数十年间，曾试图被冠名为"农民作家""农民工作家""外来工作家""打工者作家""网络作家"等，但面对那些为谋取利益而花样翻新、阵营庞杂的"归队"诱惑，我的做法就是毫不犹豫地一一回绝。在我心目里，"作家"就是"作家"，不需要添加任何"前缀"，更不屑于纳入某个"阵营"。

从我的两部短篇小说谈起

这段时间总是对一些名家"说三道四",估计已引起了某些朋友的不满,他们肯定在想:你对人家指手画脚的,自己到底写得啥样呀?确实,我有好几年不写了,因为不知道还能写什么。当然,我指的是写小说,因为我靠它走上文坛。

为了证明我曾写过,这次随意拣一篇发在这里。《一个会飞的孩子》写于 2005 年。17 年前?是的,时间有些久远,如果是个孩子,都快高中毕业了。但要是我没告诉你,你会以为昨天才写的。不是我的小说不会憔悴,而是这个时代没多少改变。

再来说说这个小说,它曾被《2005 年中国年度网络文学》《2006 年中国青春文学精选》选载,也在《延安文学》《西湖》等刊发表,但没获过任何奖,这是它的性质决定的。我清楚它们的命运,但无怨无悔,这是我自己选择的道路。

前几天,在一个微信群看到一只布满黑钉的轮胎,由衷想起自己 2007 年写的一篇小说《大街上撒满黑钉》。该小说首发于《生活》2008 年第 2 期(说实在,时过 14 年,我早已忘记那是一本什么样的杂志),

后在《小说林》2009 年第 4 期发表。期间，获过一个奖——第八届 PSI- 新语丝网络文学奖（2007 年的奖，2008 年揭晓）。

上述是关于《大街上撒满黑钉》的所有信息。应该说，相当"单薄"，可谓毫不起眼。不过，在它"诞生"迄今的 15 年里，我经常会重读，并提及它。虽然它没我其他个别小说"出名"，但"忠实"地遵循了我的创作基点——"凭着良知孤独写作，关注人性、关注命运、关注社会最底层"，一直被我视为自己的短篇小说代表作之一。

这些年，有不少文友和读者问，你怎么不去争取下 ×× 文学奖？我笑言道："就算 ×× 文学奖每年设一万个奖项，也不会颁给我的那些小说，况且我对那些奖早已失去兴趣。"我甚至认为，写了这么多年，如果还把获那些奖作为目标，只能说自己退步和堕落了。我始终认为"生活第一，写作第二"，但绝不会"为了生活，而去写作"。

《城市蚂蚁》终于完成了，这是我的首部长篇小说。这部长篇小说，我原先是准备作为爱情小说来写的，但最终却写成了一部反映外来打工者生存处境的命运小说。也许，我的思想里积淀了太多沉重的因子，使我不再习惯于风花雪月，而处处呈现着苦难和抗争的印痕。

可这正是我希望达到的。早在五六年前，我就预想写这样一部长篇，来记录我的坎坷历程，以及内心的隐痛。但苦于水平所限，一直无从下笔。如今，不经意间了却了一笔心事，这对我而言不啻是一桩喜事。有时在生活中，真的隐藏着太多契机。

应该说，这部小说的基调是沉重的。这也是我的作品一贯的风格，有位文友曾这样评价我的文字——充满良知，但不够温暖。这确是事实，但我始终未去改变。我拒绝一切的伪装、虚饰，我不具备面对底层人群的鲜血和泪水，却熟视无睹地欢快高歌的能力。

是的，我只是遵循着内心的真实，凭着良心一味地书写着。这也注定我的文字，不会是赏心悦目的鲜花，而只能是长满利刺的荆棘。它是无法用来消遣和娱乐的，它只会让你感到疼痛和惊醒。这是我写作的初衷，也是终极目的，永远不会改变。

于是，在这个崇尚鲜花的国度里，我的作品往往命运多舛。我的几乎每一篇小说，都历经磨难后才得以面世，而那些编辑的措辞是惊人的一致：大作写得真的很好，但不适于在敝刊发表。就连有很大反响的《在街上奔走喊冤》也不例外。

一位在我写这部长篇小说之初，就同步看稿的出版公司编辑，在看到临近结尾的几章时对我说，这部长篇小说写得挺好的，但结局能否写得明快些？否则可能会影响小说的前途。她的提醒是善意的，但我却断然谢绝了。我不能让我的小说，成为没有灵魂的躯壳。

这部小说在写完第五章后，我就在各大文学论坛发帖。起初无非想听听网友的意见，意想不到竟然会好评如潮。特别在杭网的灯火阑珊论坛，在短短的一个月时间内，成为该论坛点击率最高的帖子。很多网友每天守候在那里，等待着阅读接下去的章节。

这使我感到无与伦比的欣慰。对于一位真正的写作者而言，没有比令读者拥戴更高兴的了。而且值得一提的是，那些网友正是这部小说描述的对象——挣扎在城市底层的外来打工者。这也说明我用心灵写就的小说，赢得了他们的热烈关注，激起了他们心头的共鸣。

这里，还必须穿插一个小插曲：由于这部小说我采用了一种技巧，即将作者跟里面某个人物混淆，其目的无非让读者产生身临其境之感。然而，网友们误以为真，以为我真的身患绝症，但仍在坚持创作，便纷纷祝愿我身体健康。其言之切，让我深深感动。

可以这么说，这部小说是我所有的文字里，创作时最为投入的一部。在整个创作的过程中，我多次为里面人物的命运而动容，甚至有一次感动得泪流满面。这在别人看来或许不可思议，但对我自己而言却极为正常，因为在这部小说里，倾注了我太多的感情和影子。

它是我的半自传体小说，抑或说是我的一部心灵史。尽管里面有很多杜撰的成分，但从中足可窥见我曾经的磨难和隐痛，处境窘迫的生存现状，对爱情和亲情的态度，独一无二的价值取向，尚未形成的思想体系，以及我那颗跳动着的心灵！

正因为此，我特地写下了这篇后记。我希望通过上述这些文字，传递给我的读者一些东西，一些源自我心灵深处的东西。这对解读我的这部长篇小说，或许能起到不可或缺的作用。我希望我的每位读者，都能够走进我的心里。

2009 年对我而言，无疑是一个动荡之年。在这一年里，因为全球金融危机的冲击，曾经颇具影响的中华少年文学网被迫停办，作为一直来服务于它的唯一的编辑，我离开了那家供职九年之久的主办单位，先受邀在一家广告公司从事房产策划，后因无法承受那种超负荷的繁重劳作，终于告别那段暗无天日的日子，进入了一家娱乐公司搞文字工作。

在这家号称拥有全华东地区顶级娱乐会所的公司里，行政人员的收入都出奇的低微，不足"小姐"们的十分之一，比起领导"小姐"的"妈咪"们，更是具有天地之隔的差距。但我考虑再三，还是选择了留下。这倒不是我不奢望拥有一份高薪的职位，而是眼下的这份工作实在轻松得很，让我有大量的空闲时间，来潜心创作这部曾殚精竭虑的小说。

这部长篇小说是以我的一篇同名短篇小说为蓝本的，但经过整整三年时间的酝酿和充实，已远远超越那个蓝本所蕴含的含义，不再是两个特殊留守儿童的悲惨故事，而是承载起了越来越丰富的内容和寓意。这也是我在这漫长的三年中，几度动笔复搁笔的原因所在。我认为对于这样一部小说，倘若没有足够的时间和精力，显然是很难完成和胜任的。

应该说，这部小说的一半以上文字，我是利用上班的时间写的。特别富有意味的是，我在公司旗下最高端的会所楼上办公，楼下灯红酒绿、夜夜笙歌、声色犬马，活跃着当前国内最奢侈的一族，一次消费抵得上老百姓一年开支。而我在楼上却书写着当前中国最贫穷的群体，他们还在温饱的边缘努力挣扎。两者间差距的悬殊，类似于地球和太阳。

这让我感慨万千！同时，更严肃地对待这部小说，使其中的每一个细节、每一处场景、每一段故事，都尽可能接近生活的本色，连同自己内心的真实，努力让它成为一面镜子，呈现当代中国乡村的图景，让广大读者通过它，来认知这么一个群体——一个暂且被忽视或遗忘的群体，以及他们的生存处境和心灵世界，从而正确审视当前中国的体制。

在写作这部小说期间，照例有出版编辑来询问，是否有新的作品完成？当我告知正在写这么一部小说，他们大多呈现出失望之色。按他们的意思，按照当前的出版行情，我不去追逐都市热门题材，还在一味关注农村底层，真是吃力不讨好，简直就是当代堂·吉诃德了！有好心者甚至还建议我，放弃这部小说的创作，炮制一部都市家庭伦理小说！

然而，我不为所动。在我的认识里，当一位作者手中的笔，摒弃了责任和良知，纯粹为利益摇动时，是否还有资格被誉为"人类灵魂的工程师"？从写作迄今，我一直恪守"凭着良知孤独写作"的理念，把触角深入于"关注人性、关注命运、关注社会最底层"这样一个层面，尽管不敢肯定自己的作品意义有多大，但可以无畏地说自己是一位有责任的写作者。

而现在这部小说，秉承了我一贯的风格，是我良知的产物。它可能显得有些粗糙，但相信闪现出来的光华，能透过无边的黑暗，照亮每位有良心的读者的心灵。它的面世可能会困难重重，但我丝毫不会感到失望和沮丧。因为它的产生，已让我心存欣慰，并使我的 2009 年——这个动荡而贫瘠的年份，一下变得无比安宁和丰硕——犹如枯萎的树枝，瞬间开满了鲜花。

很荣幸我的长篇小说《逃往天堂的孩子》能获首届"浩然文学奖"长篇小说二等奖。可以这么说，虽然我跟浩然先生的写作目标是一致的，都是为了"苍生"；但我们的创作风格迥然不同，浩然先生更多的是"审美"，而我绝大多数是在"审丑"。而这次能获得这个以他的姓名命名的奖项，说明首届"浩然文学奖"组委会和评委会具有足够的包容性。对此，我深表敬意！

《逃往天堂的孩子》，是我创作的第二部长篇小说。它是我酝酿多年后，于 2009 年开始动笔创作。而在创作期间，有不少出版编辑来询问，是否有新的作品完成？当我告知正在写这么一部小说，他们大多呈现出失望之色。因为那段时间，市面上正流行"职场""悬疑""言情""虚幻"。但我并未因为他们的失望而放弃，尽管在这个经济时代里，做任何事情多少都得顾及"利益"。然而，作为一个写作者，我觉得更应当考虑的，还是"责任"和"良知"。

应该说，我还算比较幸运。《逃往天堂的孩子》创作完成后的两年时间里，无论是文学杂志社还是出版社和图书公司，对农村题材的长篇小说唯恐避之不及，纵然我的这部长篇小说曾被不下百家出版社和图书公司婉拒，理由非常统一："这是一部优秀的小说，但跟我们单位的出版方向不一致。"但中国长安出版社还是以吃"河豚"的勇气，用付版税的形式以首印 8000 册的数量，于 2012 年初推出了这部长篇小说。责任编辑张渊先生的话，至今想来仍让我感动，他这么说："这部小说不会是畅销书，但可以做成长销书。""对于我们这种小社，就更需要勇气。"

《逃往天堂的孩子》出版后，跟我预想中的一样，除了一些媒体进行了相应的宣传，几乎没引起多少人的关注。这跟我反映打工者生存现状的第一部长篇小说《城市蚂蚁》所引起的反响，可谓大相径庭。但我并未因此而沮丧，我确认它是良知的产物，相信它闪现的光华可以透过黑暗，照亮阅读它的每位读者的心灵。只是，在这个时间段里，阅读它的人还是那么少。而现在，首届"浩然文学奖"组委会和评委会颁给它这个奖，也等于将其从"沉默之海"中重新打捞起来，让更多读者来关注它，来感受它的"良知"。这让我无比感激！

最后，我要感谢首届"浩然文学奖"的组委会和评委会的所有成员，因为你们的无私付出，因为你们的公开、公平和公正，让我们这些作品犹如枯树逢春，在这个美好的季节，重新开满了鲜花。单从这一点而言，首届"浩然文学奖"就具有了温度。衷心祝愿"浩然文学奖"越办越好！在这个严肃文学深陷孤寂的年代里，愿它能更多地催开一朵朵真正的"文学之花"，来点燃良知、温暖人心！

在这个春暖花开的时节，《中国宝剑史：龙泉宝剑》终于"开花结果"，日前由西泠印社出版社以首印一万册的数量隆重推出。

记得，2020 年 3 月，当突如其来的"新冠肺炎"正在全国大地肆意蔓延时，龙泉宝剑掌门人、工艺美术大师张叶胜先生，特地驱车从龙泉奔赴杭城与笔者会面。而在见他之前，笔者的一位朋友陈豪先生，已提前数月邀约：为"龙泉宝剑"写一部书。但笔者一直迟疑不决，一则"龙泉宝剑"虽耳熟能详，但对它的实际情况不甚了解；二则这些年来倾心于创作源自内心的作品，很少再接受应景性写作的项目。

然而，跟张叶胜先生、陈豪先生和策划人赵建华先生等人进行了半个下午的交谈后，笔者欣然接受了这项写作任务，原因依然有二：一、被张叶胜先生的诚意和侠气打动，觉得跟他合作应该会是一段愉快的旅程；二、通过张叶胜先生的讲述，对"龙泉宝剑"有了初步认识，觉得写作这个项目非常具有意义。

过了一周，笔者受邀与九三学社同仁倪闻华先生一道去了一趟龙泉，实地考察"龙泉宝剑"的现实情况，在张叶胜先生亲自陪同下，走

当出版方通知我，说这本书要再版时，我是不太愿意的。因为这本书出版的时间比较早，距离现在已经十三年了，收录的是我四十岁之前的作品，而且大部分还是三十岁之前写的。如今，已步入知天命之年的我，再来回顾而立之年所写的作品，自然觉得非常稚嫩。

或许为了说动我，联系再版的夏洪月女士说，作家不悔"少作"。由于被她的诚意打动，我还是接受了她的建议，答应再版。不过，对其中实在幼稚的部分，还是进行了适度调整。毕竟，这不是一次重印，而是一次再版，不能全部保持旧的状态，应该有一些新的面目。

当然，如此而为，有两方面的因素：一希望让读者看到一个更优秀的我；二为了给读者读到更好的作品。而这两方面的因素，虽然看上去前者利己、后者利他，事实上是一致的，都是为了奉献出更优秀的"精神食粮"，去"营养"广大读者，为推动这个时代进步而努力。

不过，鉴于再版对更换篇目有严格要求，无法做到"改头换面"，只能进行"修修补补"。所以，这次出现在你们面前的，既有我成长的记录，也有我情感的历程，还有我思想的积淀，但不管是哪一种，都源自我内心的本真，它们纵横交织着，构成了我五十岁人生的图景。

最后，要感谢总策划张海君先生，如果没有他当初的邀约，就不会有这本书，也不存在这次再版；也要感谢夏洪月女士，为这本书的再版付出了辛勤的劳动；还要感谢我的父亲卢张松、母亲王小荷、妻子郑杭梅，正是他们对我无条件的支持，才让我在文学路上渐行渐远。

第二辑

梵高的耳朵

对于凡·高的耳朵，是怎么割掉的？至少存在三种版本。一凡·高画了一幅自画像，对画中的耳朵颇不满意，屡经修改而起不到效果，便一气之下割掉了自己的耳朵。二凡·高经历过两次失恋，爱上了一个妓女。两人鱼水之欢后，妓女总爱把玩他的耳朵。后来，妓女要离开他，梵高为挽回那段爱情，割下耳朵送给她。三凡·高和画家高更是好友，但两人艺术观点不合（也有说为了争一个妓女）经常吵架。有一次，他俩大打出手，高更失手用剑削掉了他的耳朵。

这几种版本，到底哪种是确凿的？现在，比较倾向于第三种。因为 2016 年，英国一位叫"贝尔纳黛特·墨菲"的女作家，用长达七年的深度田野调查，以大量事发当时的一手资料，建立起 15000 多位阿尔勒居民档案库，创作了一本名为《凡·高的耳朵》的书，基本上佐证了"高更割掉了梵高耳朵"的说法。

"割耳事件"发生后，据说有四份报纸进行了报道。不过，当时的凡·高鲜为人知，也就是说，只算一个小角色，那些报纸中有两份把他的名字拼错了，还有一份说他是个波兰人。可是，也算不错了，多少让他出了些名，虽然不是那种好名声。同时，鉴于他是一名画家，终究与普通人有所区别——至少他会绘画呀，所以创作了两幅割掉耳朵的自画像，后来成了他最具代表性的作品之一；而他曾经的好友高更也制作了一只陶壶——这壶是一个人头的形状，鲜血遮蔽的脸上，几乎难以辨认——这个头，是没耳朵的。

除了上述那些，在凡·高用一把左轮手枪终结生命后的130年间，依然陆续演绎与他的那只耳朵有关的"事件"。笔者写到这里，随手在网上搜索，跳出来的就有如下这些：

1996年，一些在西班牙某大学的年轻音乐人组建了一支名为"La Oreja de Van Gogh（凡·高的耳朵）"的流行、摇滚乐队。该乐队走的是拉丁民谣以及舞曲路线，爱情和友情通常是歌曲的主题，至今已发行了4000000张专辑。

2012年，中国发行了一首《凡·高的耳朵》的歌，歌中唱道："不要沉默 凡·高的耳朵 / 告诉她你听过我受的折磨 / 也听过很多 她说的承诺 / 没有实现过只剩下我在执着 / 如果爱是没有错 那告诉我做错了什么 / 原来所谓结果 是没有结果。"

2014年，德国一家博物馆展出了"凡·高耳朵"的复制品。艺术家迪马特·斯特勒比使用凡·高弟弟文森特·德欧的重孙里尤伟·梵高的活细胞，利用3D打印机制成形似凡·高的一只耳朵，由波士顿布莱汉姆妇科医院培植。

2016年，Elmgreen & Dragset团队改造美国曼哈顿洛克菲勒中心区时，增加了一个叫"凡·高的耳朵"的垂直花园泳池，意为反映了神话与平凡的反差，引发人们更多好奇和思考。2018年，该雕塑被引进到中国，永久保存于广州。

……

当然，这仅局限于笔者在网上搜索到的，其他的可能还有很多——在没有网络之前发生的和没有被传上网络的。于是，有人说，宁愿把130多年前凡·高被割下耳朵，看成一次超凡的行为艺术，由于没人知道被割的真相，大家争论了一百多年，使那只耳朵变得无比著名，并不断推高凡·高的知名度。

这样的说法，固然有失偏颇，毕竟凡·高的举世闻名，依靠的不是那只耳朵，而是其绘画上的艺术成就，但是也不无关系。在写此文前，我问13岁的儿子："你知道凡·高吗？"他说，知道呀，他是一个疯子画家，画了很多向日葵，还割掉了自己的耳朵。我又问："那高更呢？"儿子便茫然地摇摇头。

事实上，也是如此。尽管梵高本人无意于这种"行为艺术"，但"割耳事件"确实从某种程度上成了他的"标志"。作为后印象派的代表画家，凡·高、高更、塞尚三人，从艺术成就而言，应该说不分伯仲，可论"人气指数"，后两者无疑难望凡·高"项背"。这不能排除是那只耳朵在起作用。

130多年前，高更与凡·高这对曾经的好友，因艺术观点不同，或为争夺一个妓女，从此反目成仇，倘如贝尔纳黛特·墨菲的调查是确凿的，真是高更割掉了凡·高的耳朵，那他等于无形中帮了凡·高大忙，假设没有那么一割，或许凡·高还享受不到如今这般"荣耀"。只是相比达利翘翘胡子牟取暴利，这样的代价显然有些偏高。

达利的"胡子"

　　每回看到西班牙艺术家达利的肖像，冲眼而入的便是他的胡子。在我们通常的认知里，大胡子呈瀑布状，小胡子呈八字型，但达利的小胡子，呈倒八字形，且倔强又挺拔，像两根弯曲的钢针，长长地戳向天空。上述，仅是他的胡子的一种造型，其他的还有数十种——钓竿形的、时针形的、树枝形的、斜八字形的，甚至还会在胡子上挂一组照片，抑或在胡梢两端各窜一朵花瓣……

　　应该说，达利的胡子，是我见过的"胡群"中，形状最为奇特的。据说，2010年英国一家慈善机构发起过一次投票，评选"世界上最有名的胡子"。结果，有1/4的英国人投给了他的胡子，让其拔得头筹。更有意思的是，在达利死后28年，西班牙61岁的皮拉尔·阿贝尔声称是他的私生女，要求进行亲子鉴定，法院开棺抽取达利的DNA时，发现他的胡子依然高高翘着。

　　凭借着其奇形怪状，胡子成了达利最经典的标识，同时也像神一般存在着。美国摄影大师哈尔斯曼被它吸引，前后花费了大约两年时间，与达利合作创作了一系列作品，取名《达利的胡子》结集出版，其中一幅还入选了《百年摄影佳作100例》。而日裔美籍先锋艺术家小野洋子，想要收藏一根他的胡须，达利开价 1 万美金，她居然答应了，不过最终收到的只是一片干草。

对于自己的招牌胡子，达利曾扬扬得意地宣称："很多美国人在夏天到西班牙来探访我，他们是想看我的画吗？其实并非如此，他们只是对我的胡子感兴趣。人们并不需要一个伟大的画家，他们只需要一对漂亮的胡子。"这确非夸饰之词，当人们在仰望他的作品的时候，也有很多人将目光转移到了他的胡子上。在他临死前，西班牙国王去访问他，还特地看了他那"著名的胡子"。

因为胡子为达利带来了诸多"红利"，他对它也特别"上心"。除了为它拍了很多"写真"，达利每天早晨用蜂蜡、蜂蜜、匈牙利润发油揉搓它。直到 1978 年，哈尔斯曼最后一次为他拍照时，他仍留着两撇倔强的胡子。据说他的一生在胡子上用过的发胶，加起来可以绕地球一整圈！另外，他还在自画像上玩出了花样，将自己的脸"复制"到《蒙娜丽莎》当中，取名"《蒙娜达利》"。

或许是达利过于倾心打造自己的胡子，并且还将大量时间和精力耗费在石刻、雕塑、建筑、摄影、戏剧、电影、文学和珠宝设计等领域，尽管他与毕加索、马蒂斯一起被认为是 20 世纪最有代表性的三位画家，可在绘画上的成就，与其他两者相比相差甚远，他不仅缺乏开创性——毕加索与马蒂斯分别创立了"立体主义"和"野兽派"，据说很多作品还是依靠助手替代完成的伪作。

有人说，达利的胡子本身就是一件艺术品！作为一名超现实主义大师，他的前辈杜尚把一个尿兜搬进艺术展，赢得了"现代艺术之父"的尊称；而他那已形成独特风格的胡子被视为另一个"尿兜"，的确也未尝不可。其实，早在达利在世时，他的合作者哈尔斯曼就认为：达利的胡子，是现实世界中的超现实的存在；达利的胡子是他最具野心的梦想，也是他最非凡而古怪的作品。

如果这种说法成立，"达利的胡子"的知名度，倒真不低于毕加索的《和平鸽》、凡·高的《向日葵》、达·芬奇的《蒙娜丽莎》，自然还有杜尚的《泉》（即"尿兜"）。然而，要想成就如此"佳作"，也只有达利这样的天才才行，那需要"标新立异的思想＋疯狂大胆的行为＋登峰造极的炒作"，换句话说，要做到"我同人类的唯一区别，在于我是疯子。我同疯子的唯一区别，在于我不是疯子"。

行文至此，笔者想到前段时间观看的视频：里面有一些所谓的书画家，要么把注射器里的墨汁，喷洒在布上；要么全身赤裸，端起一盆墨汁，从头顶浇下去；要么在地上摊开画布，以身体蘸彩，滚地作画……他们以期博得一点名声，终究被视作了疯子。总结他们的失败经历，在于他们忽略了一个关键因素：达利在摆弄胡子前，早已声名鹊起，只是那胡子的光芒遮掩了这个事实。

杜尚的"小便池"

在笔者了解的艺术大师中，法国的杜尚应该算是最为惊世骇俗的一位。暂且不说其他，光是他化名"R. Mutt"将一只取名为《泉》的白色陶瓷小便池，肆无忌惮地搬进一场自己担任评委的艺术展，在遭到主办方——美国独立艺术家协会严词拒绝后，还据以力争抗议他们的行为与展览的主张不一，并为此愤然退出了评委会的做法，便足以证明其行为的"超级另类"了。

正是因为杜尚的那些诸如此类的"怪异举止"，引发了后人对其迥然不同的两种评价：一种认为他是一位严谨认真的艺术家，是20世纪实验艺术的先锋，是现代艺术的"守护神"；另一种认为他是一个高雅艺术的嘲弄者，是艺术花篮中的一条毒蛇，是毁灭美的恶魔。但不管是褒是贬，窃以为对于杜尚本人而言，都无非是凭着自己的个性和想法体现出来的"个人化表达"。

事实上，也是如此。杜尚的一切行为，均显得与众不同。譬如，他去看牙医，事成后画了一张支票，作为支付医生的报酬。又如，他爱穿上女装拍照，并取了一个女性名字"罗斯·瑟拉蕾"作笔名。再如，他一生结过两次婚；40岁时结了又离，只维持了6个月；之后二十几年，有女友却不结婚；直到67岁，和一名年届50岁的女性再婚，理由是

"不用考虑生孩子了"。

杜尚不仅在生活中这般离经叛道，在艺术上尤其标新立异——他的妹妹结婚，他赠送的礼物是一件名为《不幸的现成品》的作品：用绳系着一本数学书，悬挂于妹妹家阳台上，任风吹雨打，最后毁于一场台风；有一位慕名而来的收藏家要购买他的作品，他去商店买了一只鸟笼，里面放了几块方石头和一支温度计；他用铅笔给达·芬奇笔下的蒙娜丽莎画上了山羊胡子……

由于杜尚在艺术表现上的极其"出格"，一贯以来颇受艺术界的质疑和排斥：他的《下楼梯的裸女》曾被立体主义者们拒绝展出，并受到未来主义者们以"恶心与乏味"等字眼抨击；他的《L.H.O.O.Q》（为蒙娜丽莎画胡子）更是遭到了传统艺术捍卫者们的围攻。他自己也承认："我做的东西从来不是马上被人接受。"但又坚持认为："艺术可以非艺术，也可以不美。"

特别值得一提的是，就在杜尚离世半世纪之久的今天，艺术界依然有不少人对其存在偏见，说他那轰动一时的"小便池事件"，只是一个艺术行为而已，并非什么伟大的艺术；他所有的艺术活动，都不过是一种浮躁的行为、一种卖弄无知的表现。甚至有人认为，他那种不走寻常路的从艺经历，彻底误导了后人，把艺术推向了迷茫的深渊，使得当前诸多从艺者浮躁至极。

然而，这显然是对杜尚的误读。只要稍微了解一下杜尚，我们便不难发现：他绝非哗众取宠之辈，更非投机钻营之流，他的生活单纯，很少看流行小说，对新浪潮一无所知，和功利主义、机会主义绝缘，不介意消失于公众视线里。有差不多20年时间，他因迷上下棋，基本退出了艺术圈。而他之所以那样对待艺术，用他的话说："从本质上说，我对改变有一种狂热。"

当然，那只是他的谦虚之词。其实，对于艺术，他有一套无比独特的理论："对象的选择本身，也是一种创造性行为；通过取消对象的'有用'功能，它就变成了艺术；对象的呈现和添加标题，可赋予它'新思想'。"正是出于这套理论的有力支撑，他以一个"艺术破坏者"的形象，彻底颠覆和解禁了传统观念和艺术创作模式，于无形中实现了对艺术价值的再认定。

美国当代美学家乔治·迪基曾这样评价道："杜尚的'现成物'，作为艺术品价值并不高，但作为艺术的范例，对艺术的理论极有价值。"杜尚通过"质疑"重新界定了艺术，并以此改变了我们对世界的看法。荷兰籍美国画家德·库宁也曾由衷叹服："杜尚一个人发起了一场运动，这是一个真正的现代运动……"艺术界普遍认为，他的横空出世改变了西方现代艺术的进程。

确实，杜尚能将一只普通的小便池，添加上新的标题后，转化成了一件艺术品，这不要说在无数普通人中间，就算在众多艺术家里面，也无人具备这样的创意和勇气。所以，在杜尚逝世后的半世纪里，尽管涌现了大量现代艺术作品，但没一件的影响力能与"小便池"媲美。可以说，杜尚的成功不可复制，他在整个现代艺术界，像神一样存在，只能被模仿，无法被超越。

　　笔者读小学的时候，学过一篇题为《画鸡蛋》的课文，讲的是：著名画家达·芬奇刚学绘画时，老师先让他每天画鸡蛋。他觉得画鸡蛋太简单了，便有些不耐烦。老师告诫道：一千个鸡蛋，形状都不同；就算同一个，不同角度看，形状也有差异。他让他画鸡蛋，是训练他的眼力和绘画技巧。达·芬奇听从了老师的教导，不断地用心画鸡蛋，之后无论画什么，都能又快又像。

　　由于那篇课文的作用，达·芬奇作为一名著名画家，被笔者铭记。随着年岁的增长，在不同载体上，多次欣赏过他的《最后的晚餐》和《蒙娜丽莎》；也通过资料了解到，他与艺术家拉斐尔、米开朗琪 罗齐名，是意大利"文艺复兴三杰"之一，并被誉为"整个欧洲文艺复兴时期最完美的代表"；还看到新闻，说他的作品在佳士得拍卖行以 4.503 亿美元的价格刷新世界纪录。

　　不过，这一切，被一本名为《达·芬奇笔记》的图书给颠覆了。这本图书，精选了达·芬奇遗留下来的大批原始手稿，涉及绘画、音乐、建筑、数学、几何学、解剖学、生理学、动物学、植物学、天文学、气象学、地质学、地理学、物理学、光学、力学、发明、土木工程等众多领域。令人吃惊的是，由此发现他在绘画上所花费的精力，相对于其他领域而言，可谓微不足道。

笔者查阅其生平史料，发现确实如此——童年时代，已成疑案；少年时期，在作坊学艺，接触绘画；30岁前，一无所成；47岁至64岁，辗转于米兰、曼图亚、威尼斯、佛罗伦萨、罗马、昂布瓦斯等地，或旅游或居住，主要弹七弦琴、科学研究、服务于米兰宫廷，甚至于研究魔法；到晚年，更是潜心于科学研究。也就是说，只有30岁至47岁才在从事艺术，且还不局限于绘画。

达·芬奇从事绘画的时候，似乎也并不上心，他作画时需要画到岩石，就转身投入地质学研究；刚着手做壁画，就去开发新颜料，后又陷入颜料工艺中……所以，他的许多作品都半途而废，遗存下来的尤其少得可怜，只有15幅。连教皇都恨铁不成钢地埋怨："唉，这个人绝不会做成任何事，因为还没开始，就在纠结结果了。"他自己在晚年也悔恨地写道："我从未完成一项工作！"

事实上，也是如此。尽管达·芬奇在众多领域均有涉猎，今天研究这个、明天探索那个，并且为此花费了巨大的心血，但他所做的一切，都只是在笔记本上绘制、描述一些奇思妙想，并不真的懂材料、力学、结构、数学或任何工程要求，也从未设计过工程样品来实验或测试它们。客观地说，没有一项已知的、新颖的科学原理，可以真正归因于他。说难听一点，他无非是在"纸上谈兵"。

然而，达·芬奇是一个幸运儿。他那些看似毫无用途的"设想"，却无意间将"自然科学"和"艺术"无比紧密地连接了起来，使得他的绘画作品与同时代艺术家的相比呈现出迥然不同之处。比如，他在绘制《蒙娜丽莎》时，将透视法、明暗法和晕涂法三大技法融合在一起，前无古人；又如，在他的笔下，人体的肌肉更精确、更有诗意，符合百年后新古典时期对肌肉美学的理解。

当然，他在绘画上取得的成就，除了"幸运"，还应归功于"天才"。当他还是儿童时，帮父亲在盾牌上画了一个吐火舌的怪兽，卖给佛罗伦萨的艺术中介，让他父亲赚了一笔钱；18 岁那年，他协助老师韦罗基奥绘制《基督受洗》，只画了一位跪着的天使，技巧已明显超过了老师。据传，韦罗基奥为此不再作画；而他非凡的绘画才能，也极受米兰大公卢多维科·斯福尔扎的青睐。

北宋思想家张载说："人若志趣不远，心不在焉，虽学无成。"应该说，达·芬奇在绘画上"志趣不远"，甚至"心不在焉"，但没有"学无成"，他那寥寥无几的绘画作品，被称为欧洲艺术的"拱顶之石"。所以，当我们总结达·芬奇的成功经验时，无疑是一件异常艰难的事情。或许，对于他这样的"环球天才"而言，所有世俗的"套路"，显然都是不适用的。因为他是独一无二的。

罗丹的「模特」

大凡造型艺术家，总会跟模特发生一些故事，例如：文艺复兴意大利三杰之一拉斐尔为了寻找最美的模特，走遍了意大利的大街小巷；现代艺术创始人毕加索为了灵感和作品，游走于众多情人之间；巴洛克艺术之父卡拉瓦乔因钟爱的模特被提亲，怒不可遏杀了人……而被誉为欧洲雕刻"三大支柱"之首的罗丹，自然也不例外。

据相关资料记载，在罗丹的那些经典雕塑作品背后，几乎都留下了与模特们的精彩故事。不过，最广为人知的是与《沉思》《永恒的青春》《法兰西》《黎明》《再会》等作品的模特卡米尔。因为卡米尔，这位罗丹的助手和模特、他唯一爱过的女子、他的灵感的唯一源泉，与罗丹之间发生的，不光光是故事，最后还演变成了"事故"。

为何造成这种结果？外界的推测不外乎三种可能：一卡米尔希望有一个稳定的家，罗丹闪烁其词，不愿接受；二罗丹晚年有个女人，叫"施瓦索公爵夫人"，在中间"搅局"；三音乐家德彪西闯入了卡米尔的生活，让罗丹心生嫉妒。到底哪一种符合事实？后人已无法悉知，但谈及那段"爱恨情仇"时，舆论的天平总是偏向卡米尔的。

也许，在常人眼里，卡米尔相对于罗丹，只是一个弱者，特别是跟罗丹决裂后，她得了"被迫害妄想症"，只吃生的鸡蛋和带皮的土豆，并时常担心罗丹以及其亲信谋害自己，最终被关进了疯人院……三十多年后，凄凉地死在冰冷的病房里。而舆论总是同情弱者的，认为是罗丹害惨了这位与自己相处 15 年的天才女雕塑家卡米尔。

然而，笔者不以为然。窃以为，卡米尔从一开始介入罗丹的情感生活，本身就是极不道德的。作为罗丹的助手，她不会不知道他有一位相伴数年的伴侣，虽然他们未曾结婚，但已生育了一个儿子，从某种程度上而言，已具有了"事实婚姻"。当然，毋庸置疑，罗丹也应负大部分责任，因为他的风流成性，是点燃这场悲剧的导火索。

除此，卡米尔不羁的个性，也是酿成悲剧的关键成因。她在给弟弟、诗人保罗的一封信里曾这样写道："我已经成为一个真正的大师，和男人一样。他因此嫉妒，害怕，害怕他再也无法控制我，害怕我的才华已经超过并将遮盖他的光彩。"其实，这无非是卡米尔的臆想。在离开罗丹后，她理应用实力来证明才华，但到头来鲜有成就。

事实上，从目前留存的资料来判断，罗丹绝非那种"小鸡肚肠"的人，相反不仅是一位伟大的雕塑家，同时又是一位伟大的老师。他的学生或者助手，哪怕是仅仅有过交往，都在艺术上深受他的影响。鉴于此，其中出类拔萃者颇多，有些日后甚至与他齐名，像马约尔和布德尔，就与罗丹一起，被后人誉为"欧洲雕刻的'三大支柱'"。

更致命的是，尽管卡米尔跟随罗丹多年，但对他的了解似乎并不透彻。作为一名艺术大师，他坚信"艺术即感情"。所以，跟他合作过的模特，除了同性和那位老交际花，其余的几乎都跟他保持过情人关系，而卡米尔只是其中的一位而已。这也就是说，在罗丹看来，模特只是模特，与之产生感情，只是艺术需要，无关乎其他的方面。

由于这桩"情感事故"，罗丹俨然成了"著名负心汉"。可理性思考一下，这也说明了其专情之处。纵然他出轨众多模特，是花心男人的"标本"，但终究未曾抛弃伴侣露丝，并在行将就木之际，跟她结成了合法夫妻。站在露丝的角度上，他何尝不是"浪子回头"的好丈夫？是呀，在同情卡米尔时，我们为何不能考虑一下露丝的感受？

　　同时，对于卡米尔这位曾经的模特和助手，罗丹也多少体现出了其"深情"，虽然他没有与她结成伉俪，随后还相互恶语攻击，但在他离世之前，坚持自己的展览馆一定要展示卡米尔的作品，希望她的才华能为后世所见。如今，该馆藏有15件卡米尔作品，让我们了解了这位天才女雕塑家。这何尝不是罗丹对那份情感的弥补呢？

　　时光流转，百年后的今天，我们打捞那些往事，也给"第三者"一些警示：当你插足他人——特别是艺术家的情感生活，注定是一条冒险的旅程，因为对于他们而言，起伏的情感是最鲜明的特征，当激情退却，遍体鳞伤的往往是你自己，这一切在毕加索、张大千等身上早得到了印证，而像达利与模特加拉那种忠贞爱情毕竟是罕见的。

在世界范围内，论创作的产量，巴尔扎克未必榜上有名，他一生很短，只活到 51 岁，真正创作的时间并不长，只有 20 年。但以创作速度而言，想必是名列前茅的，在 19 世纪 30 至 40 年代，他以惊人的毅力，创作了 91 部小说，塑造了 2472 个栩栩如生的人物形象，合称《人间喜剧》。

巴尔扎克为何能取得这般"爆炸式"的丰收？答案也许只有一个：就是"咖啡"起了不可或缺的作用。

巴尔扎克这位"鹅毛笔和黑墨水的苦役"，平时不抽烟也不喝酒，但不管到何处去写作，除了纸笔之外，总是带上一把咖啡壶。据说，他每天要喝大约 30 杯黑咖啡，有时甚至会喝到 50 杯。不过，这显然是一种极度夸张的说法。试想一下，就算是喝白开水，一天也喝不到 50 杯，况且是咖啡呢！

但是，巴尔扎克嗜"浓黑有力"的咖啡如命，确是一个不争的事实，连他自己都说"我不在家，就在咖啡馆；不在咖啡馆，就在去咖啡馆的路上"，并且预言"将死于 3 万杯咖啡"。除此，他还在自己创作的《司汤达研究》一书封面，印上了一把咖啡壶以及一句话："就是这把咖啡壶，支持我一天写 16 小时，最少也写 12 小时的文章。"

可以这么认为，没有咖啡，就没有《人间喜剧》。据相关资料记载，从 1829 年起，巴尔扎克每天创作 14 至 16 个小时，甚至有时连续 36 小时，他的《赛查·皮罗多》是 25 小时没睡觉写成的，《乡村医生》更是用了 72 小时一气呵成，就连那部长达几十万字的世界名著《高老头》也只花了短短 4 个月时间。很难想象，假如没有咖啡的"支撑"，他能否完成这么繁重的"任务"？

对此，巴尔扎克也从不隐讳——"咖啡像引擎开动一样推动了他持续不断地进行写作"，并详尽描述过喝咖啡的生动过程："咖啡泻到人的胃里，把全身都动员起来。人的思想列成纵队开路，有如三军的先锋。回忆扛着旗帜，跑步前进，率领队伍投入战斗。轻骑兵跃马上阵。逻辑犹如炮兵，带着辎重车辆和炮弹，隆隆而过。高明的见解好似狙击手，参加作战。各色人物，袍笏登场。"

应该说，咖啡成就了作为"19 世纪法国伟大的批判现实主义作家"的巴尔扎克；可它又是一把双刃剑，也因此过早夺走了他宝贵的生命。因为喝了太多的咖啡（有人做过统计，大约 5 万杯），摧毁了巴尔扎克的健康，让他的晚年患了脑炎、慢性心脏病和支气管炎，到 1849 年冬季，步入了最后的衰竭期，翌年 8 月 18 日，便带着没完成《人间喜剧》的遗憾，永远离开了人世，将生命定格在了 51 岁。

成也咖啡，败也咖啡。笔者想，如果可以再选择一次，他是否还会喝那么多咖啡？但结论，似乎是肯定的。在巴尔扎克全身心投入创作前，曾一度弃文从商，但均告失败。从商的失败，使他债台高筑，只能通过大量创作赚取稿费，以偿还累累债务，自然也为了过上奢华的生活。那如何才能确保写作期间长时间清醒？显然，唯有咖啡。这就如他自己说的，他的每本书都是由"流成了河的咖啡"帮他最后完成。"用咖啡匙量度生命"（艾略特诗），注定成为他的不二之选。

在巴尔扎克逝世 170 年后的今天，我们看到的是无数萦绕于他头顶的光环。然而，通过了解他与咖啡之间的关系，让我们多少窥见了其"苦逼"的人生。可不管怎么说，他总算是一位幸运者，安徒生曾说："光荣的荆棘路看起来像环绕着地球的一条灿烂的光带。只有幸运的人才被送到这条带上行走，才被指定为建筑那座连接上帝与人间的桥梁的、没有薪水的总工程师。"而毫无疑问，巴尔扎克就是这么一位"总工程师"。

当然，我们（包括巴尔扎克自己）都需要感谢那 5 万杯咖啡，虽然它成了"杀死"巴尔扎克的"罪魁祸首"，但让他为后世留下了一部卷帙浩繁的"法国社会的百科全书"，使充满浮华的巴黎，增添了一缕类似于咖啡的苦涩、苍凉的味道；也使一个连自己都讨厌的粗俗的巴尔扎克，用手中的笔在世界文学史上树立了不朽的丰碑，变成了一个创造世界的圣洁的巴尔扎克。

牛顿的"苹果"

　　在《语文》(人教版)六年级下册,有一篇课文讲述了"牛顿发现万有引力"的故事——1666年,23岁的牛顿还是剑桥大学三年级学生。有一天,他坐在果园里,看到一只苹果从树上掉下来,由此受到了启发。后来,他经过不断思考和推理,终于发现了著名的万有引力定律。

　　关于牛顿和苹果的故事,首先源自18世纪法国启蒙思想家伏尔泰的"收集",据说他是在伦敦参加牛顿葬礼时听牛顿的同母异父妹妹汉娜·斯密思的女儿凯瑟琳·康迪特讲述的。不过,后来有多篇文章指出,那个故事纯属伏尔泰杜撰,依据是牛顿所有手稿中均没提到过那只苹果。

　　当然,也有人认为,牛顿没在手稿中提及那只苹果,不代表没有。他们的理由是,科学家在手稿中未必记录科研灵感的来源。而告知伏尔泰那个故事的凯瑟琳·康迪特,其丈夫约翰·康迪特是牛顿在皇家造币厂的助手,曾有意撰写一部牛顿传记,很早就开始注意记录他的谈话。

　　那么,在牛顿的视线中,到底有否出现过那只苹果?目前,已无从考证。但大多数人还是相信有过这么一只神奇的苹果引发了牛顿的思考:为什么苹果是掉地球上,而不是蹦到天上去呢?从而,让他发现了一种自然规律:任何两个质点都存在通过其连心线方向上的相互吸引的力。

　　据说,在高科技企业中以创新而闻名于世的苹果公司,它的第一个

LOGO 就是"牛顿坐在苹果树下读书"的一个图案，上下有飘带缠绕，写着"Apple Computer Co."字样，外框上则引用了英国诗人威廉·华兹华斯的短诗："牛顿，一个永远孤独地航行在陌生思想海洋中的灵魂。"

其实，了解过牛顿这位"用真理的力量统治我们的头脑"的伟大科学家的一生的话，是否有过那只杜撰的还是真实存在的苹果，对于他发现"17 世纪自然科学最伟大的成果之一"的万有引力定律，也就显得无足轻重了。因为倘若没有足够的积累，根本不可能引发那样的科学思考。

的确，牛顿少年时就特爱介绍各种简单机械模型制作的读物，并学着制作一些"奇奇怪怪的小玩意"；到了中学时代，对自然现象极具好奇，尤其是对几何学、哥白尼的日心说等；进入剑桥大学后，更是接受了笛卡尔等现代哲学家和伽利略、哥白尼、开普勒等天文学家先进的思想。

特别值得一提的是，牛顿在剑桥大学毕业那年，便发现了广义二项式定理，并开始发展一套新的数学理论，也就是后来为世人所熟知的微积分学。此后两年，他在家中继续研究微积分学、光学和万有引力定律。由于太过于专注，冷落了未婚妻，导致其嫁给了别人。于斯，他终生未娶。

正因为此，牛顿提出了万有引力定律、牛顿运动定律，发明了反射式望远镜和光的色散原理、微积分（与莱布尼茨）。如果查阅一部科学百科全书的索引，有关他的篇幅就比其他科学家要多 2-3 倍。法国著名数学家、物理学家拉格朗日曾评价道："牛顿是有史以来最伟大的天才。"

这也就是说，对于牛顿而言，与其说看到一只苹果的掉落而受到启发，后来经过不断思考和推理，终于发现了万有引力定律；不如说在他的整个人生历程中，对于科学的每一次潜心研究，都像吞食着一只只伊甸园中的苹果，无限地开启着自己的智慧，炼成了"百科全书式的全才"。

苏轼的：东坡肉：

东坡肉，以猪肉为主要食材，成菜后"皮薄肉嫩，色泽红亮，味醇汁浓，酥烂而形不碎，香糯而不腻口"，为杭州西湖最负盛名的菜肴之一，也是江南地区的汉族传统名菜，属于浙菜系，同时也属于川菜系。

关于它的由来，有一个耳熟能详的故事：宋元祐四年（1089），苏轼第二次到杭州任知州，见西湖长期未疏浚，"堙塞几半，水面日减，葑草日滋"，严重影响农业生产。第二年，他动用民工二十余万，开除葑田，恢复旧观，并在湖水最深处建立三塔（今"三潭映月"）作为标志，还用挖出的淤泥筑成一条长堤，以便行人，后人称为"苏堤"。杭城百姓感恩他，听说他爱吃猪肉，过年时便抬猪担酒去拜年。苏轼收下后，指点家人将猪肉切成方块，烧得红酥，犒劳民工。家人误将酒与肉一起烧制，结果烧出来特别香美可口，大家吃后无不称奇，就把此法烹制而成的猪肉称为"东坡肉"。

事实上，东坡肉并非创制于杭州。据相关史料记载：宋熙宁十年

（1077），苏轼调任徐州知州。上任不到四月，黄河决口，洪水围困徐州。苏轼以身卒之，亲荷畚插，率领禁军武卫营，和全城百姓抗洪筑堤保城。经过七十多个昼夜的艰苦奋战，终于保住了徐州城。百姓为了感谢这位"父母官"，纷纷杀猪宰羊，担酒携菜上府慰劳。苏轼推辞不掉，亲自指点家人制成红烧肉，回赠给参加抗洪的百姓。故后人称之"回赠肉"。

而"回赠肉"变身"东坡肉"，还有一个"提质"过程，发生在黄州。宋元丰三年（1080），苏轼被贬到黄州任团练副使，成了受监视且不拿工资的"犯官"，为了维持生计，只能节俭地过日子。当时的宋朝，从宫廷到民间，羊肉是最主要的肉食，猪肉不受待见，用苏轼的话说："富者不肯吃，贫者不解煮。"就这样，"价贱如泥土"的猪肉，成了苏轼家的备选食材，他还亲自烹饪，并将经验写入《猪肉颂》，教百姓以此法制作，丰富了当地的餐饮种类。

不过，苏轼在徐州和黄州时烹制的红烧肉，影响还只局限于当地，后来真正被叫得响的，是他第二次任杭州知州时的"东坡肉"。从此，这道菜肴就广泛流传开来，成了中外闻名的传统佳肴，并一直盛名不衰。

显然，在上述文字中，东坡肉只是作为一道名菜而存在。实际上，在它的创制、提质和扬名过程中，还贯穿着苏轼的民本思想和为政实践。他任职创制东坡肉的徐州，是因为上书谈论新法的弊病，激怒了新党，受到排挤，于是请求出京任职，是继杭州、密州之后的第三站；他谪居提质东坡肉的黄州，是由于发现新法执行过程中的诸多流弊，便形诸吟咏，并在调任湖州知州时的谢恩上表中进行讽谏，惨遭弹劾，身陷"乌台诗案"，险丧命牢狱，最终被贬。他第二次到任让东坡肉扬名的杭州，是出于对旧党执政后暴露的腐败现象进行抨击，遭到对方诬陷，再度自求外调。

确实，纵观苏轼的一生，21岁进士及第，官至翰林学士、礼部尚书，为官四十年，初仕三州、主政八州、贬谪三州，不管是王安石变法新党执政，还是司马光复古保守派当道，在新旧两党的夹击和构陷之下，政治生涯风雨飘摇的他，虽曾自嘲："心似已灰之木，身如不系之舟。"但在朝中，不安于朝，敢于对皇帝直言，希望皇帝做明君，"不伤民财"；在民间，情系于民，"使君留意在斯民"，每为官一地，与民排忧解难。除此，还写了大量文章和奏章阐述民本思想、抒发民生情怀，在屡屡上书无果的情况下，又以诗词创作表现百姓疾苦、反映黎民诉求。

正因为此，当我们面对已流传近千年的东坡肉时，不能只停留于它的创制、提质和扬名的过程以及烹制程序，也不能只简单地将发明者苏轼定位在"吃货""美食家"上面，更应该与他作为政治家、思想家、文化大家的波澜壮阔的一生相结合，承载着苏轼那种"以民为重、顺乎民意、为民争利"的思想，穿越历史的长河，在这个时代焕发出绚丽的光芒，让世人在品尝这份美味佳肴的同时，体味其深厚而独特的文化内涵和精神实质。

白
居
易
的
“
西
湖
”

最近几年，笔者正在创作的"解读大师"系列，每篇都会选取某大师的一样重要事物，通过对其进行深度解读，以展现该大师非凡的一生。譬如，达利的"胡子"、王羲之的"鹅"、潘天寿的"雷婆头峰"等。而对于白居易来说，"西湖"应该是不二之选。

生活在中唐时期的白居易，跟大多数古代文人一样，有着两重身份：一是官员，他进士及第后，前后担任过二十多种不同级别的官职，最高达至"刑部尚书"（相当于现在的司法部长），死后被赠"尚书右仆射"（相当于现在的副总理）；二为诗人，他的诗歌主张和诗歌创作，以对通俗性、写实性的突出强调和全力表现，倡导了"新乐府运动"，在中国诗史上占有重要的地位。

然而，无论是白居易的"入仕从政"还是他的"诗歌创作"，都可以划分为两个不同的时期——入仕从政：前期是"兼济天下"，后期是"独善其身"。诗歌创作：前期创作"讽谕诗"，志在"兼济"，与社会政治紧密关联，多写得意激气烈；后期创作"闲适诗"，意在"独善"，表现出淡泊平和、闲逸悠然的情调。而白居易的"西湖"，则象征着其"入仕从政前期"与"诗歌创作后期"。

据史料记载，白居易赴杭州任职，是长庆二年（822）。此前7年的元和十年（815），他因频繁上书言事和大量创作讽喻诗，不受朝廷待见，恰逢宰相武元衡遇刺身亡，他上表主张严缉凶手，被认为是越职言事，又因母亲看花坠井而亡，著有"赏花"及"新井"诗，被诽谤有害名教，遂贬为江州司马。元和十五年（820），唐穆宗继位，惜其才华，召回了长安。但时过两年，他上书论当时河北军事，未被采纳，请求到外地任职，于是被任命为杭州刺史。

白居易到了杭州，见西湖淤塞农田干旱，便筑堤蓄湖，以利灌溉，舒缓旱灾所造成的危害，并选派"公勤军吏"专职巡守函、笕、堤岸，又作《钱塘湖石记》，详细载录堤的功用以及放水、蓄水、保护等方法，刻石置于湖边，供后人借鉴，以更好地治理湖水。任职期间，凡有穷人犯法，罚他在湖边种树；富人要求赎罪，则让其在湖上开垦葑田若干。离任前，还将一笔官俸留在州库作为基金，以供后来治理杭州的官员公务上的周转，事后再补回原数。

尽管"贬谪江州"是白居易一生的转折点：之前，以"兼济天下"为志；此后，逐渐转向"独善其身"。包括在赴杭州任职前，他还作诗自嘲："退身江海应无有，伏国嘲睡自有贤。且向钱塘湖上去，冷吟闲醉二三年。"可作为曾"但伤民病痛，不识时忌讳""唯歌生民病，愿得天子知"的他，终究不会抛却那份"下恤民庶"的初心，所以对西湖的治理，依旧延续了其"兼济天下"的抱负。

在"诗歌创作"方面，白居易为西湖山水留下了200余首诗，任职期间就写了近 40 首，成为历代创作西湖诗篇最多的人。更值得一提的是，他留下的那些诗歌中，有六首提及"西湖"这个名称，使这片原名"钱塘湖"的湖水，从此有了一个美丽的名字。而这些诗，通过对西湖的吟玩性情，不仅真实可信、浅显易懂、便于入乐歌唱，还表现了一种归趋佛老、效法陶渊明的态度和退避政治、知足保和的思想，蔚然而成"闲适诗"之洋洋大观。

同时，西湖也成了白居易的"精神家园"。虽然他在杭州只任职二十个月，与西湖相伴的日子并不久长，但这"一湖水"，使他"未能抛得杭州去，一半勾留是此湖"。在他临别时，"处处回头尽堪恋，就中难别是湖边"。离开多年后，还魂牵梦萦："一片温来一片柔，时时常挂在心头，痛思舍去总难舍，若欲丢开不忍丢。恋恋依依唯自系，甜甜美美实她留，诸君能问吾心病，却是相思不是愁。"

而纵观白居易与西湖的关系，可谓是相互成就了对方。西湖，因为白居易，这片原本沉寂的湖水，顿时如同鲜花一般绽放，西湖之名才不胫而走，到了宋时，苏轼、柳永、林和靖等的加持，更是让其闻名遐迩；白居易，因为西湖，不仅在从政方面留下"兼济天下"的美名，也对他的"闲适诗"的传诵起到了推波助澜的作用。如今，只要提及西湖，人们总会由衷地想起那条以他的姓氏命名的白堤，以及那些千年不朽的经典诗篇。

范钦的"藏书"

在藏书界，提起"天一阁"，可谓无人不晓。这座始建于明朝嘉靖四十年（1561）的藏书楼，作为中国甚至亚洲现存历史最悠久的藏书楼之一，其声名已远播海内外。但提及天一阁的创建者——范钦，估计了解的人不多，其景况正如当下热播的大片编剧，无声地隐没于幕后。

那么，天一阁与其创建者，两者的声名为何有如此大的反差？细究之下，应该跟范钦单一的"身份"有关。确实，大凡藏书家，其身份不止"藏书家"一个。而范钦似乎是个特例。虽然他进士出身，历任多种官职，也写过诸多诗文，但在科举史与文学史上，均没留下多少"痕迹"。

由于几无其他"身份"加持，范钦在"圈"内外的影响力，自然无法与其他具有多重"身份"的藏书家比拟，从而使得其声名被他所创建的天一阁那巨大的"光芒"所遮掩。不过，从中也足见范钦与其他藏书家不同，不是将藏书当成"副业"去操持，而纯粹作为"事业"来坚守。

当然，这样说，可能有失偏颇。毕竟，范钦不是一开始就把"藏书"作为事业的。他起初的藏书，只是作为"事功"，目的不外乎在仕途上有所进取。所以，收藏之书均从从政实践出发，着重于当朝文献以及地方志、科举录等，无意间却开创了一条"经世致用"的特色之路。

而他真正投身于藏书事业之中，是在其遭弹劾辞官，结束了三十载宦海生涯之后。他心灰意懒地回到家乡，原本藏书的东明草堂，随着藏书的增多，已不堪容纳，便利用将近 5 年时间，在家宅之东修建了一座藏书楼，取名为"天一阁"，将毕生所藏之精华，皆汇集于此所。

藏书楼建成后，为了让藏书能长久保存，范钦简直绞尽脑汁。他采取了极尽周密而细致的保护措施：在书楼前置一水池，经暗沟与院旁月湖连通，以蓄水防火；在书橱里放置芸草以防虫；在书橱底下放英石以吸潮；更是严令"烟酒忌登楼"，绝不容许任何人对书籍有丝毫亵渎。

于此，清乾隆年间，朝廷存放《四库全书》的"南北七阁"（文渊、文源、文溯、文津、文汇、文澜、文淙），其建筑样式便仿照范钦的藏书之所——天一阁而建造，藏书规范也参照范钦为天一阁制定的管理制度。包括范钦之后的公私刻书以及现代图书馆管理，也都深受其影响。

尽管范钦官至相当于现在的副部级，但因清廉加之当时书籍昂贵，其俸禄不足以购买大批书籍。为此，他不惜用藏品与别人交换，甚至亲自手工抄写。据说，有时候，他为了能如约还书，连续多日通宵达旦，这般辛劳一直持续到过世。如此，为后人留下了七万卷珍贵的藏书。

范钦的这些藏书，在他离世 187 年后的 1772 年，乾隆下诏纂修《四库全书》并向各地征集公私藏书，他的八世孙范懋柱闻讯，从中精选 641 种进贡，其中 96 种被《四库全书》收录，另有 381 种被《四库全书总目·存目》收录，两项共计 477 种，居全国之冠，发挥了极大作用。

特别值得一提的是，范钦分家产的故事。1585 年，八十高龄的他，眼见时日不多，便把家产分成两份，一份是白银万两，另一份是自己的藏书，要求每房只能任选其一，并规定继承藏书的，要永远地承担护书的责任。这一举动，被后人视为"天一阁历史上最闪光的一个瞬间"。

　　也正因为范钦这种藏书精神的感召，感动了后来的诸多藏书家，他们愿意将自己毕生的收藏，无私地汇集到天一阁中。譬如，《鄞县通志》编纂冯孟颛，将其伏跗室中十万卷的藏书捐献给了天一阁；民国富商、秦氏支祠的后人秦君安，将收藏的八千多件文物悉数捐赠给天一阁……

　　时光荏苒，历经了四百六十余年的风雨沧桑，范钦生前的政绩已湮没于尘埃，但他遗留下来的那些藏书，为古文化典籍的流传保留了宝贵的火种，成为中华文明乃至人类文明中永不磨灭的共同财富；他的那种藏书精神，更是超越时空，深深烙印在中华文明和中华民族的血脉之中。

在浙江的地盘上，有这样四所学校，它们中间，有的是教育部直属的综合性全国重点大学，位列首批"世界一流大学和一流学科"；有的曾以"丝绸纺织"为特色闻名全国，是浙江省属重点建设大学；有的是杭州市教育局主办的浙江省一级重点中学，早年一度被誉为"江南四大名中"之一。尽管它们的"身份"和"等级"各不相同，但其创办人或执行创办人为同一人，他就是清光绪二十二年至二十六年（1896-1900）期间担任杭州知府的林启。

林启，清代官吏，在北京担任御史时，因上疏请罢颐和园工程，触怒了慈禧，被朝廷连降三级外放衢州任知府，后因政绩民声俱佳，被推举为"两浙循吏第一"，深受浙江巡抚廖寿丰赏识，经其多次向朝廷力荐，于光绪二十二年（1896），调任杭州知府。他在杭州虽然只有短短 4 年零 3 个月，但先后创办或执行创办了求是书院（浙江大学前身）、杭州蚕学馆（浙江理工大学前身）、养正书塾（杭州高级中学和杭州第四中学前身）等三所学堂。

于此，1933 年出版的《中国教育年鉴》，将其作为 102 名全国"教育先进"之一收录其中。之后，更被认为是"我国教育史上倡导和施行义务教育的第一人""我国教育史上制定和实行'奖学金'制度的第一人""中国教育史上创办农业职业技术学校的第一人""我国现代蚕桑业和丝绸织造业的奠基人""创办浙江现代中学教育的第一人"，称其"首派中国官费生留学日本""揭开了我国近代纺织丝绸教育的帷幕""开了浙江近代教育之先河"。

应该说，凭借林启在教育史上的功绩，不要说将其称为"教育家"，就算加上前缀"杰出的"，也是无可厚非的。不过，与其在几乎所有的文献资料里将其定位成"身为官吏的教育家"，笔者更愿意将他视为"兴办教育的士大夫"。因为跟一般的教育家不同，林启兴办教育的目的，固然遵循"为了满足社会对人才的需求"这条基本的准则，但更多的是出于实现他作为士大夫的那种"天下兴亡，匹夫有责"的"立志为天下万民奉献终身"的抱负。

由于资料的缺失，笔者无法搜索到更多关于林启的施政理念，但根据唯一流传的他提出的政治主张——简文法以核实政、汰冗员以清仕途、崇风尚以挽士风、开利源以培民命，不难看出其对应着他任职履历中的几个阶段：任翰林院庶吉士，授编修；外放陕西学政；任浙江道监察御史和回北京任御史；外放衢州、杭州任知府。至于"兴办教育"，无非是为了践行他自己提出的那个政治主张中的后两项"崇风尚以挽士风、开利源以培民命"吧。

事实上，也是如此。纵观他创办或执行创办的三所学堂，他起草的《浙江巡抚廖中丞奏设求是书院折》一文中提出："居今日而图治，以培养人才为第一义；居今日而育才，以讲求实学为第一义。"他呈给浙江巡抚廖寿丰的《请筹款创设养蚕学堂禀》一文中称："就时局而言，为中国之权利；就王政而言，为百姓之生计；就新法而言，为本源之本源；就浙者而言，为切要中的切要。"他创办养正书塾，校名取《易经》"蒙以养正圣功也"之义。

由此可见，林启执行创办求是书院，其目的是希望它成为当时传播新知识、新思想的重要场所，培养学生们实事求是、探索真理的精神；创设蚕学馆的目的，则是在于富国裕民；创办养正书塾，其校名"蒙以养正"之意，就是教育人养成正气，做一个品德高尚的志士仁人。换句话说，他创办或执行创办这些学堂，其用意不只是停留在单纯地培养满足于社会需求的人才，而是更多地遵循自己政治主张中的"崇风尚以挽士风、开利源以培民命"。

正因为林启给那些学堂赋予了一种崇高的历史使命感，从而使得他的"兴办教育"跃升到了一种新的高度——于当时，不仅培养出了陈独秀、厉绥之、施承志、邵飘萍、许寿裳等杰出人才，还"守杭五年，政平人和""治杭得其政，养士得其教，为匹夫匹妇得其利"；于未来，不仅推动了近代中国教育体制的改革，还为我国近现代蚕桑业和丝绸织造业的发展打下了坚实基础。为此，后人盛赞道："树谷一年，树木十年，树人百年，两浙无两。"

王羲之的 ∴鹅∴

　　谈到名人癖好某种事物的故事，在中国历史上可谓屡见不鲜，譬如：陆羽爱茶、黄庭坚爱兰、米芾爱石、苏东坡爱砚、郑板桥爱竹、丰子恺爱猫……王羲之爱鹅，无疑就是其中极为经典的一例。这不仅作为中国"二十四史"之一的《晋书》有过明确的记载，李白、马远、尹廷高、钱选、陈洪绶、任伯年、任颐、石恪、张大千等历代文人墨客也均以诗文书画以及雕刻等各种文艺形式进行过描绘。

　　确实，王羲之对鹅爱得非同寻常。据《晋书·王羲之传》载，会稽有个孤老太养了一只鹅，叫声很好听，他想买而未得，带亲友命人驾车去观赏。老太太听说他要来，把鹅杀了煮熟等他。为此，王羲之叹惜了好久。又载，山阴有个道士养了一群好鹅，王羲之去看，很喜欢，再三表示想买。道士说，你给我写《道德经》，我就把这群鹅全送你。王羲之欣然写好，把鹅装在笼子里开心地带回了家。

　　不过，王羲之与鹅的关系，如果仅仅局限于此，或许不会流传1600多年，更不会像现在这般闻名遐迩。事实上，王羲之除了爱鹅，还与其有着特殊的因缘。相传，他爱鹅，固然是陶冶情操，但更为关键的是，他还从鹅的体态、行走、游泳等各种姿势中，感悟和领会书法执笔、运笔等技艺和奥妙——他认为执笔时食指要像鹅头那样昂扬微曲；运笔时则要像鹅掌拨水，才能使精神贯注于笔端。

上述绝非空穴来风，而是有史料作为依据的。据清代《艺舟双楫》记载："其要在执笔。食指须高钩，大指加食指、中指之间，使食指如鹅头昂曲者；中指内钩，小指贴无名指外距，如鹅之两掌拨水者。故右军爱鹅，玩其两掌行水之势也。"后人因此推断出，王羲之早年向卫夫人学书法，若干年后回顾时发出感慨："是徒废时日耳。"倒是用《道德经》换鹅后，通过长期观察，才悟到了笔法。

而这样的案例，其实也非王羲之独有。据说，宋代大书法家黄庭坚谪居湖北，有次过江看船楫在水中划行顿悟笔法，以致日后书艺大幅提升，成就了书法史上草书的一座高峰。中国近现代国画家黄宾虹也有过类似经历：1933年春天，他到四川东方美专讲学，期间只身一人去青城山，行至半山腰突下小雨，山间烟雨蒙蒙，远处峰峦隐现，这种神奇的自然景象，让他顿悟了"淋漓水墨"的效果。

正因为王羲之与鹅之间建立了如此亲密的关系，他爱鹅之声名也几乎超越了"晋陶潜爱菊、宋周敦颐爱莲、宋林逋爱梅、宋黄庭坚爱兰"这"四爱"中任何一"爱"。后人只要提起王羲之，便会提到鹅。例如，贞观年间，王羲之那件《道德经》被进献宫廷，时为"书法第一人"的褚遂良在鉴定的跋文里，也不忘提一下鹅："《道德经》乃晋王羲之遗山阴刘道士书，道士以鹅群献右军者是也。"

直至今天，凡纪念王羲之的地方大多有"鹅"建筑，凡有"鹅"字处也必定跟他有关联。例如，他写《兰亭集序》的绍兴兰亭，不仅建有"鹅池"，池边还树着"鹅池碑"，碑上"鹅池"两字，传为他与王献之合写，又称"父子碑"。又如，在天台国清寺，有一块"鹅字碑"，那个"鹅"字一笔挥就，人称"独笔鹅"，据传系他用扫帚所书，因故残缺的部分，则由清代天台当地书法家曹抡选补全。

纵观王羲之与鹅的关系，可以这么认为，他爱鹅，但也为鹅所成全——他在养鹅中悟道，融入真行草体中，遂形成了那个时代最佳体势，给后代开辟了新的天地，被当之无愧地奉为"书圣"；关于他爱鹅的故事，让后人津津乐道，世代传为佳话；在众多"鹅"建筑前，也总是人头攒动，游人驻足品赏他的墨迹。这一切，无不助推他从历代书法家中脱颖而出，成为当今最具影响力的书法家。

黄公望的
"富春山"

位居"元四家"之首的画家黄公望，目前尚存世的作品有五十余件，其中不少的山水画作上，都会提及一处地方——富春山，例如：《秋山招隐图》中题跋："……此富春山之别径也，予向构一堂于其间……"特别是那幅被称为"画中之兰亭"和列为"中国十大传世名画"之一的《富春山居图》，不仅直接以"富春山"为题名，还在画上题跋："至正七年，仆归富春山居，无用师偕往。暇日于南楼援笔写成此卷……"

关于富春山，目前有两种不同的说法，一说是山名，在浙江省桐庐县南（今富春江镇），又名"严陵山"，前临富春江；二说并非特指某座山，而是泛指富春江沿岸的群山，江北岸的山是天目山的余脉，江南岸的山是龙门山脉。黄公望笔下的"富春山"，现被公认为是第二种。至于他隐居的"富春山居"在何处？不同的专家又考证出了至少三处不同的地方：一是富阳；二是桐庐；三是瑞安。目前，约定俗成的是指第一处。

不过，这并不重要。重要的是，黄公望隐居的富春山，对他"晚变其法，自成一家"起着决定性因素。尽管根据现存的资料，对他隐居富春山后的情况，只作了简单的描述："他身上总是带着皮囊，内置画具，每见山中胜景，必取具展纸，摹写下来。"而事实上，在这里，黄公望将精神寄托转至宗教和艺术，潜心修炼，做到了"心静则意淡，意淡则无欲，无欲则明，明则虚，虚则能纳万境"，落实在画面上则抵达了"有意无意，若淡若疏"之自然浑成的至美境域。

其实，纵观黄公望的一生，可谓充满艰险坎坷。他幼年父母双亡，过继给黄氏为子，由陆改姓为黄，名公望，字子久。少时应神童年科，没有结果。成年后两次为吏，一次为浙西宪吏，一次在御史台下属察院当掾吏。之后，因上司张闾犯事被治罪，受牵连入狱。六七年后出狱，曾一度疯癫，从此不再问政事，并加入全真道，自号"大痴道人""一峰道人"，遂放浪形骸，常活动于常熟、松江、杭州一带，讲道卖卜。至元四年（1338），居于杭州筲箕泉，行踪不定，后被其子黄德宏寻至，便归隐富春山。

而富春山，素有"天下佳山水，古今推富春"之美誉。这里的山的形态千姿百态，或清翠秀丽，或雄奇苍茫；这里的水的形态变化多端，或平静如镜，或猛浪若奔，这些不同的形态无不暗合了黄公望人生的不同阶段以及不同的情感体验，使其在注重师法前人与造化的前提下，调整和更新自己的艺术观、审美观和人生观，将自身的艺术修养以及精神状态充分反映在作品中，让每一个元素均蕴含了丰富的寓意和象征，从而赢得了后人极高的赞誉："笔墨高雅，人莫能及""子久画，书中之右军也，圣矣"。

特别值得一提的是，黄公望在隐居富春山期间，有一次，他的师弟无用禅师希望他能为自己创作一幅长卷。黄公望答应用三年时间，实际上用了大约七年时间，以"富春山"为题材，通过自己对自然景物的切身感受，将淡泊宁和的情感与秀山丽水的气韵合而为一，绘制出了一幅长约七百公分"整个画面林峦浑秀，草木华滋，充满了隐者悠游林泉，萧散淡泊的诗意，散发出浓郁的江南文人气息"的山水巨制——《富春山居图》，被清初鉴藏家吴其贞推崇为"亘古第一画"。

于此，富春山对于黄公望，与其说是他的晚年隐居地和诗意栖息地，不如说是他的精神归宿和艺术图腾。确实，黄公望在富春山过着"逸"的生活，以自己特殊的体悟深入到生命的最深处，也深入到自然的最深层，通过"技"的过渡，化为笔下的"山水"，按明代文学家、史学家王世贞的话说，"无笔不灵，无笔不趣，于宋法之外，又开生面"，确立了元代的审美理想，引领了"文人画"的时代潮流，成为山水画发展史上一个里程碑式的人物，对后世山水画的发展作出了巨大的贡献。

作为"元四家"之一的画家王蒙，与同样位列其中的画家黄公望一样，在艺术生涯中有一座山脉起着决定性的因素，前者为"黄鹤山"，后者是"富春山"。倘若说，富春山对黄公望"晚变其法，自成一家"起着推波助澜的作用；那么，黄鹤山几乎贯穿了王蒙的整个艺术人生。

黄鹤山，地处杭州市临平区星桥街道一带，旧属仁和县，系天目山余脉，山高百余丈，关于其名称的由来，南朝梁吴均在《续齐谐记》中记载："黄鹤山者，仙人王子安乘鹤过此，因名。"北宋乐史则在《太平寰宇记》中云："黄鹤山旧有黄鹤楼，黄鹤权乘鹤至此修道，故名黄鹤山。"不过，这并不重要，重要的是古人谓之"虽不甚深，而古树苍莽，幽涧石径，自隔风尘"。

或许鉴于黄鹤山"灵秀神奇，林泉幽野"，至正元年（1341），当过小官、刚过而立之年的王蒙，可能为避时代之动乱，携妻赴此隐居，将居处取名"白莲精舍"，并在山巅筑"呼鹤庵"，自号"黄鹤山樵""黄鹤山樵者""黄鹤山人"等，过起了樵耕、读书、会友、作画的闲适生活，直到至正二十二年（1362），受张士诚政权招引，才下山出任长史一职。之后，由于张士诚被俘，于至正二十六年（1366）重归黄鹤山，至洪武元年（1368）离开为止。

这也就是说，从 1341 年到 1368 年，在这漫长的二十七年里，王蒙除却为张士诚政权服务过四年，基本上都隐居于黄鹤山。而对于这个时期的居住环境和生活状态，王蒙在《谷口春耕图》中以图文结合的形式，有过生动的描绘：远处群山迭起，山势峥嵘，幽泉悬瀑，林木丛布；近处溪水淙淙，杂树乔林，茅庐数楹掩映其间；谷口，稻畦数亩，有人躬耕。在画的左上部自题："山中旧是读书处，谷口亲耕种秫田。写向画图君貌取，只疑黄鹤草堂前。"

众所周知，山水画与文人隐居自古紧密相连，作者生活的地域往往与其创作息息相关。可以这么认为，王蒙之所以能形成别具一格的"山石皴法"，创造出生动繁茂的江南山水意境，显然是黄鹤山赋予了他创作的灵感和精神的滋养。而王蒙这种独特画风的形成，不仅与元代文人画的审美趣味相契合，同时反映了当时社会审美风尚的变化，可谓丰富和发展了中国山水画艺术的审美形态和精神内涵。于此，清孙琼评价道："至今尺幅上，古法人独宗。"

然而，王蒙终究不像黄公望那般钟情于富春山，最后还是选择离开了黄鹤山，《浙江通志》载："洪武初，为泰安州知州。"据说，他的这次离开，是半夜从杨维桢家逃走的，杨基《黄鹤生歌赠王录事叔明》曰："龙君（杨维桢）劝不止，竟触龙君怒。手挽黄鹤衣，醉叱黄鹤住。黄鹤不敢去，飞绕三花树。夜深铁龙醉不醒，黄鹤高飞不知处。"之后，黄公望、倪瓒等好友屡次写信劝他归隐，倪瓒还寄诗："野饭鱼羹何处无，不将身作系官奴；陶朱范蠡逃名姓，那似烟波一钓徒！"但王蒙始终没有回应。

可正因为这次入仕，为王蒙日后死于非命埋下了伏笔。据《明史·文苑传》记载："洪武初，知泰安州事。蒙尝谒胡惟庸于私第。与会稽郭传、僧知聪观画。惟庸伏法，蒙坐事被逮，瘐死狱中。"洪武十八年（1385），王蒙因牵扯胡惟庸案，难堪折磨惨死于狱中。尽管他当时的画艺已被倪瓒盛赞："笔力能扛鼎，五百年来无此君。"但作为反贼党羽，时人怕受牵连，将收藏的他的作品尽数烧毁，好不容易留存下来的，也大多被刨去了他的姓名和图章。

应该说，在"元四家"中，王蒙年纪最小，却最具才华。本来，他可在黄鹤山悠哉度日，完美走完自己的艺术人生，可入仕之心一直未曾泯灭，甚至于不介意做"贰臣"，以致名节不保，未能善终。为此，清张庚在《浦山论画·论心情》中对其人品作出了这样的评语："未免贪荣附热。"但不可否认的是，他仍不失为中国山水画史上极富创造性的一代宗师，其传世作品在元以后常被奉为范本，广为传模，影响至今不绝。而这一切，不能不说是黄鹤山成就了他，难怪他死后选择归葬于黄鹤山，永久地与这片热土融为一体。

　　二十年前，笔者在绍兴工作，有次独自参观青藤书屋，碰到一个外地的旅行团，陪同的导游正向他们讲解，说此书屋主人徐渭，是一位大艺术家，但曾经发过疯，自杀过好多次，还把继室给杀了。据说，他的继室死后，邻居发现她的耳朵、脚心、掌心都钉满铁钉……

　　前段时间，我规划写一系列随笔，想通过某个"事物"，以新的视角，去解读大师们的人生。譬如，凡·高之于"耳朵"、达利之于"胡子"、巴尔扎克之于"咖啡"。而关于徐渭，联想到的便是"铁钉"，希望通过他杀死继室的"铁钉"，来解读其悲惨而独特的一生。

　　然而，笔者在网上收集资料时，发现徐渭除了"病易（癔），杀张下狱"，没只言片语说凶器是"铁钉"。随后，笔者与对徐渭兴趣颇浓的建筑设计师、作家周勇先生特地从杭赴越，在当地作家钱科峰先生陪同下造访青藤书屋，以期寻得相关资料以佐证，可依然无果。

　　不过，徐渭与"铁钉"的关系倒是建立了起来。据袁宏道《徐文长传》、陶望龄《山人徐渭传》、沈德符《万历野获篇·徐文长》和《明史·文苑传》等诸多史料记载，徐渭在自杀的九次当中，有一次用三寸长的铁钉，刺入左耳数寸，然后又用头撞地，将其撞入耳内。

其实，再往深处思索，笔者认为徐渭之于"铁钉"，不光撞入耳中那枚，真要延伸开去，可谓遍及他的整个人生。无论他的"性格""艺术成就"，无不呈现出铁钉般的秉性。难怪乎，他连自杀的工具都要选择无人想象得到的铁钉。这不能不说是某种程度上的暗合。

徐渭在担任浙闽军务总督胡宗宪幕僚前，父亲、两母、两兄、爱妻均遭不幸，加上家产被霸、屡次乡试失败，为了谋生，离乡背井，却徒劳而返，可谓"落魄人间"！但他有着铁钉般坚强个性，写联自勉："乐难顿段，得乐时零碎乐些。苦无尽头，与苦处休言苦极。"

在结束五年幕僚生涯后，徐渭迫于生计流离颠沛多地，但不甘被权贵唤来呼去，先后与礼部尚书李春芳、左谕德兼侍读张元忭等人交恶，于63岁那年回归家乡，从此不再离开绍兴。到了晚年，他贫病交加，常至断炊，可狷傲愈甚，始终不肯见富家贵室，低首乞食。

可是，这么一枚"铁钉"，由于胡宗宪案的牵连，担心自己被构陷，加之受李春芳的恐吓，惶惶不可终日，最终精神失常，连番实施了九次自杀，并在一次狂病发作时，杀死了继妻张氏，为此入狱，历时七年，直到万历元年新皇帝即位，大赦天下，才重新获得自由。

而在此前，徐渭不止饱读诗书，才华非凡，被时人称为"越中十子"，甚至被同为"越中十子"之一、死后被追赠"光禄寺少卿"的沈炼盛赞："关起城门，只有这一个（徐渭）。"还深谙兵法，入幕后献计献策，为平定倭患，立下了汗马功劳，乃是能文能武的全才。

然则，这又有何用？徐渭出生至发疯的40余年里，正值明世宗朱厚熜执政期间。对于朱厚熜，有史学家评价其："将帝制的专横发挥到了极致。"可想而知，有这样一位皇帝统治，那个时代必定像钢板一样坚硬，徐渭纵然是一枚"铁钉"，又有什么"抗争"之力呢？

事实上，也是如此。这位旷世奇才，在长达73年人生苦旅中，除了有过短短五年的暖色，其余的几乎全是冷色，特别是他的晚年生活，悲苦凄凉，用他自己的一首《题墨葡萄诗》来概括："半生落魄已成翁，独立书斋啸晚风。笔底明珠无处卖，闲抛闲掷野藤中。"

好在，徐渭还算幸运，他劫后余生，创作了一批惊世骇俗的佳作，像一枚枚铁钉，穿越时空，"钉"进了文艺史册——他的诗，被"公安派"代表人物袁宏道尊为"明代第一"；他的戏剧，受到明代戏曲家汤显祖极力推崇；他的绘画，更是开创了中国大写意画派先河。

更具意味的是，那次绍兴之行，当我们穿过一条狭长的弄堂，来到青藤书屋时，发觉它是那么的冷清而狭小，相对于热闹而偌大的绍兴城，真像一枚铁钉那样落寞而渺小。不过，转而一想，这样也挺好，正好完美印证了如同"铁钉"一般存在的徐渭一生的真实写照。

乾隆的：钤印：

中国历史上涌现过无数文物收藏家，倘若要评选出一名"冠军"，那非爱新觉罗·弘历莫属。他不仅是清朝的第六位皇帝——年号"乾隆"，也是举世无双的文物收藏大师，特别是传世的书画作品，竟然收藏了1万多件！记录这些书画藏品的著作，就有《秘殿珠林》《石渠宝笈》两大部，前者专记宫藏宗教题材的书画，后者专记宫藏一般题材的书画及其他。光编纂这些大型书画著录，前后就花费了74年之久。

更值得一提的是，乾隆不仅致力于文物收藏，还非常重视文物鉴赏，尤为癖好阅赏钤印。据统计，他一生共治玺印1800余方，故宫现存的就有1000余方，其中相当一部分是鉴赏印，刻制着"乾隆宸翰""比德""朗润""半榻琴书""犹日孜孜""五福五代堂古稀天子之宝""八徵耄念之宝""十全老人之宝""太上皇帝之宝"等五花八门的印文。他在书画经常使用的印玺，《中国书画家印鉴款识》收录了172方。

根据史料记载，书画上钤印，最早见于唐代的书法上，绘画作品上尚未见到；到了宋代，书画上用印还颇少；至元末、明初，逐渐增多；明中期之后，几乎没有不用印的了。可到了乾隆时期，愈加登峰造极，他在有些书画上，钤印多至一二十方。例如，隋代展子虔的《游春图卷》钤了10方、明朝董其昌的《临柳公权兰亭诗卷》钤了17方。尤其是他较为喜爱的晋唐两宋绘画，凡是空白处，基本上都钤满了印玺。

在书画上钤印，作为鉴定、欣赏、收藏之标识，本来无可厚议，但乾隆在诸多宫藏书画上，鉴藏印玺这样的重要标识时，往往有着随心所欲、肆意妄为之嫌，譬如：在唐代韩滉的那幅尺寸不大的《五牛图卷》，只要是空白的地方都钤满了他的印玺，使原本疏密有序的布局变得拥挤不堪；又如，东晋王献之的《中秋帖》，印玺盖得简直密不透风，铺满了整张纸，令人怀疑那钤印是不是那幅书法作品固有的底色？

众所周知，在清朝皇帝中，对文化事业的重视，当以乾隆为最。在图书编撰方面，他亲自倡导并编成了大型文献丛书《四库全书》。在清朝宫廷绘画方面，以他执政时期最为兴盛，在他即位之初，便将宫廷绘画机构正式命名为"如意馆"，其中的著名"画画人"，就有张宗苍、丁观鹏、金廷标、郎世宁、方琮、姚文瀚等。与此同时，还拥有被后人誉为"乾隆朝四大书法家"的翁方纲、刘墉、成亲王永瑆和铁保。

也就是说，在整个乾隆时期，在他的身边，并不缺审美情趣高雅的文臣画师，当他们亲眼看见其在那些宫藏书画上胡乱钤印的时候，想必不会没有意识到那是对历代书画珍品的践踏。然而，现今查阅那个时期的文献史料，没留下任何他们对其劝阻的只字片语。这是否意味着在乾隆执政的整个时期，那些文臣画师根本不具有话语权，抑或惧怕因谏言惹来杀身之祸而缄口不言？毕竟，那个时代不同于开明的宋朝！

确实，追溯那段历史，我们不难发现：乾隆在执政初期，集中力量纠正前两朝特别是雍正朝的一些弊政，继承和革新了前朝所有积极意义的政策，让社会、经济、文化均有了进一步发展；执政中期更是推动清朝进入了文治武功兼备、疆域空前辽阔、社会繁荣、文化发达的"康乾盛世"。可中年以后，他大权独揽，开始好大喜功，自诩"十全老人"，奢侈无度，喜谀厌谏，在晚年格外明显，使整个清王朝由盛转衰。

特别需要提出的是，乾隆一方面大力发展文化事业，一方面又大兴文字狱。据相关资料记载，从乾隆二十年（1755）至乾隆六十年（1795），各种类型的文字狱案件约有一百一十起，几乎占了整个清朝全部文字狱案件的 70% 左右。因文字之祸而受到株连的各阶层人士，不但在范围上遍及全国，而且在数量上也大大超过了前期。这些文字狱，对当时和此后中国社会和文化的发展，可谓产生了极为恶劣的影响。

由于处于这样的大环境中，当时的广大士人为了明哲保身，除了颂扬天子圣明之外，谁还敢斗胆直陈？这也使得乾隆可以自诩"文采风流"，并由着性子在成千上万幅传世佳作上胡乱钤印，甚至于肆意"涂鸦"（题跋、题诗）。他的那种荒唐行为，被后人评价为"让那些宫藏书画遭遇了保护性劫难"。可笔者认为，不仅于此，通过那些藏品上的钤印，似乎还让我们看到了权力不受约束的封建王朝乾隆的任性。

　　李叔同的头衔众多，"书法家"并非最显著的。但在民国书法家中，他是异常突出的一位。而他之所以能"鹤立鸡群"，凭籍的不单单是深厚的书艺功力，更多的是因为创造了独树一帜的"弘一体"。

　　鉴于"弘一体"的每个字，看上去都写得歪歪扭扭，宛如出自刚学书的娃娃之手，显得特别稚嫩可爱，后人又称之"孩童体"。为此，还被当下的一些外行视为"丑书"，并戏称李叔同为"丑书鼻祖"。

　　当然，李叔同的"孩童体"，绝不是"丑"。他的书体线条干净、温润，笔锋藏而不露，结构狭长，章法空灵，是含蓄美的典型代表，与他同时代的大文豪鲁迅先生曾高度评价："朴拙圆满，浑若天成。"

　　那么，李叔同为何会创造出这么一种独特的书体？如果对其一生有所了解的话，便可发现，与其说这是他在书界苦心经营的结果，不如说是他在佛门无心插柳的收获。换句话说，是佛学成就了他的书法。

　　确实，尽管李叔同八岁习字，与其他所有初学者一样，从篆书、魏碑学起，然后广读隶、行、草、隋帖，无论临习哪一类书体，都能做到形神兼备，但真要形成自己特有的"面貌"，似乎还有一定的距离。

而且，特别需要指出的是，对于出家前的李叔同而言，"成为书法家"，并非其唯一的追求，他还遍涉诗词、戏曲、绘画、篆刻、音乐等领域，并均造诣深厚。而穷其前半生的正业，则为教师和编辑之职。

就算他在 39 岁那年，于杭州虎跑定慧寺剃度为僧，成为"弘一法师"之后，放弃诸艺和身外之物，"惟书法不辍"，也不是出于想在书法艺术上有所成就，而是为了"书写佛语，广结善缘，普度众生"。

更值一提的是，李叔同出家后大量抄经，起初还带行草风格，经他最服膺的印光法师指点，才一改"游龙舞凤"的写经习惯，融入晋唐小楷的法度，逐渐显出工整的面貌，为后来的"孩童体"打下了基础。

在 1927-1937 年间，其书法实践与佛学理念不断交融，萌生了"以法自娱"的理念。尤其在 20 世纪 30 年代初，身心遭受一连串打击，加之视力渐衰，写经已难以达到工整之要求，便进入了自由发挥的状态。

特别是在李叔同生命的最后五年，他的书法从技法到神韵都"决不用心揣摩"，达到了在自定规则上"心缘手应"的自由程度，呈现出"以无态而备万态"的面目，从而抵达了"无相之相"的高度。

由此，出现了"看似稚嫩，实则充满禅意"的"理想之体"——"弘一体"或"孩童体"，按李叔同自己的话说："平淡、恬静、冲逸之致也。"后人则评价他的书法："将中国古代的书法艺术推向了极致。"

纵观"孩童体"的形成过程，我们不难发现，李叔同笔墨流淌出的，不仅仅是一种文字美的艺术表现形式，更是一种佛理的诠释和人生的感悟。这恰恰印证了康有为所言："书虽小技，其精者亦通于道焉。"

于此，也给当下的书家一种警示："临池日课"果真重要，但不能止步于斯。宋朝大诗人陆游曾教导儿子："汝果欲学诗，工夫在诗外。"言下之意：作诗的工夫，在于诗外的历练。写诗如此，书法也然。

是呀，倘若李叔同没有"二十文章惊海内"的学识、没有"绚丽至极归于平淡"的人生、没有"对禅学和佛法的思考和修行""但凭心性，一路豁达写去"，显然绝无可能创造出"平实空灵"的"孩童体"。

黄宾虹的孤寂

现在只要提及中国绘画艺术，黄宾虹是一座绕不开的"山峰"。早在 20 世纪末，中国绘画史学界就对他有着这样约定俗成的评价："黄宾虹是一位承前启后的山水画大师。他身体力行地实践着中国传统文化传承、演变和发展的动态过程，给后人留下了超凡脱俗、意象万千的山水画艺术，开创了蕴含深刻中国传统文化内涵和美学价值的'浑厚华滋'的现代审美境界。"

不过，说起黄宾虹生前，其实颇为落寞的。尽管在晚年，他当选过华东美协副主席和全国政协委员、被授予过"中国人民优秀画家"称号、被任命过中央美院民族美术研究所所长，但作品并不被广泛认可。据有关资料记载，去世前一年，他想举办一场花鸟画展，都未能如愿。据艺术评论家梅墨生称，他的老师曾亲眼看见黄宾虹送画给来访者而被拒绝，让黄宾虹极其尴尬。

最能佐证其作品不被看好的，是他的遗作捐赠事件。据说，黄宾虹离世后，他的夫人宋若婴根据他的遗嘱，将他的全部遗作（约 5000 张）及所藏书籍文物，加在一起共 1 万多件，准备捐赠给国家。可她不断联系，均没单位接收。后来，在一位爱好艺术的领导人的直接过问下，浙江博物馆才勉强接收。但接收后，便搁置于一旁，直至黄宾虹去世后30年，才将包裹打开。

应该说，黄宾虹是不幸的，在他的生前，市场价格与作品价值、社会影响力与艺术成就都极不对等。据《美术报》报道，黄宾虹制订的山水润格，从1926年至1945年近20年没有调整过。而20世纪20年代的吴昌硕，都是隔年调整一次润格；最"牛"的要数张大千，几乎每年都要调整。最能说明其处境的是，时年60余岁的黄宾虹，其润例就远不及30出头的吴湖帆。

纵观黄宾虹的一生，客观地说，他不算是一位"安分守己"者——辗转过多个城市，从事过多种职业。特别在上海居住的几近30年间，担任过10余家杂志的主编、编辑或主笔，发起或参加过数个艺术社团，并在学生和友人资助下游历了全国的大好河山，活动可谓异常频繁。倘若，他像齐白石那样红得发紫过或像徐悲鸿那样登高一呼过，很难确保他还能"晚年变法"。

事实上，盛名和高位，对于艺术家而言，并不是一件好事。据传，有一次，诗人艾青带着一幅画拜访齐白石，请他鉴别真伪。齐白石用放大镜看后，对艾青说，我用现在的2幅作品换你的这幅，如何？艾青赶紧收起那幅画，笑着说，您就是给20幅，我也不换。齐白石摇头感叹道，我成名之前的作品多精致啊，后来退步了。而艾青带来的那幅画正是齐白石成名前的作品。

正因黄宾虹生前从未享受过齐白石、徐悲鸿那般殊荣，他一直孤独地行走在艺术道路上，每一个时期几乎都处在探索和实践的状态中。他早年受"新安画派"影响，山水画以干笔淡墨、疏淡清逸为特色，被称为"白宾虹";80岁后画面以黑密厚重、黑里透亮为特色,被称为"黑宾虹"。他用"白宾虹"时期专研习古、游历山水的实践性努力,造就了"黑宾虹"时代的辉煌。

然而,黄宾虹又是幸运的。尽管生前没受到重视,但在离世五十年后,正如他所预言的"我的画会热闹起来"——2005年,浙江博物馆举办规模空前的大型展览和系列活动纪念他,由此确立了黄宾虹绘画的学术地位和市场价值;2017年,他92岁创作的《黄山汤口》以3.45亿元天价成交;如今,杭州栖霞岭下设有黄宾虹纪念馆,金华建有黄宾虹艺术馆和黄宾虹公园。

尤为重要的是,跨入21世纪以来,他那些曾被嘲笑为"漆黑一团的穷山水"的绘画作品,越来越受到美术界的广泛关注,并逐渐释放出巨大的能量。他晚年秉承"中国画舍笔墨内美而无他"的理念,提出"五笔七墨"之说,更是开创了一代画风,无不影响着当今的中国画坛。可以这么说,黄宾虹用一生的流离颠沛和孤寂求索,为中国画的发展作出了不可磨灭的贡献。

吴大羽
的
阁楼

在上海福煦路（现延安中路）百花巷，有一套老式联排公寓。其顶层一个狭小的阁楼里，曾有一位一度被中国现代美术史遗忘的艺术家，从 1966 年至 1988 年这漫长的 22 年间，构建了自己完整的艺术体系，创作了 2500 余幅作品（已发现存世油画作品 149 幅，以及蜡彩、水彩、色粉等）和 50 余万字的文稿，形成了以抽象艺术为主线的油画探索之路，为中国油画艺术的写意性发展，提供了弥足珍贵的艺术经验。

这位艺术家，就是享誉海内外的当代艺术家董希文、赵无极、朱德群、吴冠中、赵春翔等共同的老师——吴大羽。他 1903 年生于江苏宜兴，1922 年考入巴黎国立高等艺术美术学校。1928 年参与创办杭州国立艺术院（现中国美术学院）并任西画系主任，1938 年离任，1947 年重返并任油画工作室主任。1950 年遭校方解聘，长期赋闲在家。1960 年任教于上海美专油画系，1965 年进入上海油画雕塑工作室（院）。

1940 年夏天，吴大羽经香港回上海，全家入住岳父家，也就是那套联排公寓。1949 年，岳父携家人赴台湾，那套联排公寓为吴大羽一家所有。1966 年，有三户"工人阶级"家庭被安排挤占那套联排公寓，吴大羽一家被迫蜗居于二层的一间卧室,厨房、卫生间也是两家合用,他的画室只能挪到顶层只有10平方米的一个阁楼里。从此,那里便成为他往后坎坷人生的"最后堡垒"和追踪其艺术生命的"最后归宿地"。

在吴大羽将画室挪进阁楼前,由于"艺术表现趋向形式主义""不合学校新教学方针之要求""经常留居上海"等因素,他于1950年被国立艺专校长刘开渠解聘,之后与夫人经历了长达10年的失业,靠变卖家中物品以及儿女担任中学教师的收入维持生计。1966年后,他更是遭遇了长期的不公正待遇,被以"反动学术权威""新画派的祖师爷"的身份遭遇抄家、批判,两次因重病几近死去。

然而,身处逆境的吴大羽,从未停止思考和作画。在狭小的阁楼里,由于缺乏工作空间和油画材料,他利用手边易得的纸张与蜡彩,一如既往地画着被批判的抽象画,留下了大量日常题材的小尺幅画作。拜访过他的女性艺术研究学者陶咏白说:"因条件所限,他的画都是在老画上叠加的。刮掉老画,再在上面画新画。"1979年,他的学生朱德群从法国寄来一批油画颜料,使他在晚年用其创作了150多幅油画。

谈及他的阁楼和小尺幅画作,他的学生吴冠中曾愤愤然道:"只保留给他二间小房,他能作大幅吗?我感到寻寻觅觅、冷冷清清、凄凄惨惨戚戚的悲凉。"而面对这种窘境,吴大羽在《我把我一生的小心翼翼》中自述道:"我把我一生的小心翼翼,点点滴滴,经历了无数哽咽,满是辛酸,铭诸心版。悉付素笺,满满地好像是蚁阵,伴以蚕种,为的是要交给你,一个不相识的,天外陌路的过客。"

可是,这位早在国立艺专任教时就在同仁中素有"小塞尚"之称、曾被中国现代美术奠基者之一林风眠评价为具有"宏伟创造力"的"非凡的色彩画家",长年在阁楼里艰苦而孤独地创作,画作却长期无人赏识。1988年元旦，吴大羽病辞后，据艺术推广人李大钧后来透露："吴大羽家属曾表示愿意捐献给美术馆，但没有美术馆愿意要。这些画作被认为一点儿价值都没有，甚至有人说，这些画就是调色板。"

到了20世纪90年代中期，经台湾一家画廊发掘整理，吴大羽在阁楼留下的那批无日期、无签名、在世无人知晓、更无缘举办个人画展的油画和纸本作品才重见天日；直到2003年，他百年诞辰之际，上海美术馆终于举办了首场吴大羽油画艺术回顾展，发行了首本画册。于此，后人通过回溯吴大羽在阁楼里对绘画现代性探索的那段漫长旅程，发现在20世纪50年代后一个时期，中国现代艺术运动不是断流，而是潜流。

提到阁楼，总让人联想到"只开着不大的窗子""透露了人与自然的隔阂"。吴大羽的画室，无疑就是此类。他蛰居其中长达22年，几乎与世隔绝，从而被世人淡忘。但作为一名艺术家，他坚持认定"艺术是人和天之间的活动"，始终抱守"挽救这萎顿不堪的人族病态"的责任，"长耘于空漠"。那架势，犹似迎风站立于高高的楼阁上——在广漠无尽的大自然中，用一支画笔纵情挥洒着，让心灵与天地自由交流。

潘天寿的"雷婆头峰"

在中国美术史上，潘天寿是与黄宾虹、齐白石、吴昌硕并称中国20世纪传统绘画四大家的一代巨匠。他的绘画艺术取诸家之长，首创山水画构画引入花鸟画，以雄强的笔墨、生动的意态、磅礴的气势，开拓了山水、花鸟画的新天地，呈现出一种摄人心魄的力量感，成为当代承前启后、开宗立派的一代宗师。

在潘天寿的画作中，我们常能看到他的两枚印"强其骨"和"一味霸悍"。这两句印语多被用来形容他的审美趣味和艺术风格，也即一反古代文人画淡雅的意趣，追求一种雄强、豪壮、犷悍之美。更值得一提的是，他还常以"雷婆头峰寿者"落款，这不免让观者心生疑惑：他怎么会有这么一个稀奇古怪的艺名？

据传，1960年，潘天寿创作完成《映日荷花别样红》，觉得以往的艺名已不适合当时心境，便落款"雷婆头峰寿者"。至于为何改用此名？因其早年名"天授"，1923年改为"天寿"，自署"阿寿""寿者"。之前，常用"寿者"落款。而"雷婆头峰"，系他老家宁海县城关镇冠庄村西面雷婆头山和东面帽峰山的合称。

1897 年出生的潘天寿曾在那两座山上放牧嬉戏，度过了无忧无虑的童年，长大后对其极具感情，经常作为绘画的素材。因此，他把前一座山的"雷婆头"三字和后一座山的"峰"字，再加上自署名"寿者"，组合成了"雷婆头峰寿者"这个艺名。经他这么一用，后人将"雷婆头山"改称"雷婆头峰"，声名远播。

事实上，潘天寿对"雷婆头峰"的依恋由来已久。雷婆头山，分属若干个村庄。从峰顶往西往北，大部分归属仇家村。从仇家村往上看，休息处的三岔路口，极像一头水牛的脊背，正奋力往上冲，潘天寿最初的牛图构思便源于此。听说，他还画过一幅水牛图送给仇家村的好友，至今那幅画还被那位好友后人珍藏着。

特别是 1955 年后，山峰成了潘天寿画作中屡次出现的物象。无论在他的花鸟画还是山水画中，经常可以看到那种拔地而起的巨大山石。围绕着它的周边，或生出一株雄壮挺拔的青松，或开出几朵朝气蓬勃的野花，或栖着几只雄视远方的秃鹫。而那些巨大山石，虽然没标明名称，但不能不让人联想到"雷婆头峰"。

不过，潘天寿以"雷婆头峰"作为艺名前缀，固然有着对家乡的怀恋，但更重要的一个因素，或许是为了契合当时的绘画表达。据相关资料记载，时年 63 岁的潘天寿，已进入创作的全盛时期，"一角式"山水成了其独特的艺术风格。而雷婆头峰的乱石嶙峋和花鸟草木，以"雄阔奇崛、灵秀四溢"暗合了他的画风。

当然，这只是其一。据知，潘天寿极其注重修为，一贯主张"人品"和"画品"相统一，强调"做一艺术家，须先做一堂堂之人"。显然，雷婆头峰的天地沧桑和静默高远，锻造了其"诚挚坦荡、宠辱不惊"的文人风骨，滋养了其"至大、至刚、至中、至正"的心胸气派。

难怪，他戏称自己是"雷婆头峰的一块石头"。

确实，也是如此。纵观潘天寿的一生，始终以践行的姿态，不计个人得失，为艺术、为教育，披荆斩棘，不断超越，把复兴中国绘画提升到了民族精神振兴的高度，以至于有人这样评价他："如何在世界视野下不失本位意识地观照中国绘画的演进发展，迄今为止，潘天寿仍然是在这个方向上走得最远的人之一。"

可以这么说，"雷婆头峰"是潘天寿心中的"圣山"，以致于1969年早春，他被押解到故乡。批斗结束，返回杭州的列车上，在地上捡起一个烟盒，写了平生最后三首诗，其中一首还写道："千山复万山，山山峰峦好。一别四十年，人老山未老。"他以此抒发自己对"雷婆头峰"的热爱。

沙耆的“沙村”

在中国的绘画史上，沙耆是一个独特的存在。他早年在上海昌明艺专、上海美专、杭州艺专和中央大学艺术系习画，1937年赴比利时皇家美术学院深造，画作与毕加索等著名画家共同展览。后因精神疾病被迫回乡，蛰居作画三十多个春秋，创作了数以千计的作品，其中最高被拍得451万元。他，被戏称为"疯子公公"，亦被尊称为"中国凡·高"。而在他充满传奇的人生中，有一个绕不开的处所，那就是他的家乡"沙村"。

沙村，位于宁波市鄞州区塘溪镇梅溪水库东侧，有800多年历史，因村民多姓"沙"，故名，现以"沙氏五杰"闻名。沙耆系"沙氏五杰"的同族堂弟，1914年出生，原名引年，1934年"沙氏五杰"老大沙孟海为其取艺名为"耆"。在他的一生中，有三个时间段在沙村度过——1914-1929年、1947-1962年、1969-1982年。期间，除了短暂外出读书和治疗精神疾病，长达四十年蛰居于此，几乎占据了他整个生命历程的一半。

不过，与同为画家的黄公望对于富春山、王蒙对于黄鹤山不同，沙村于沙耆，并非其自觉自愿的选择。如果说，第一个时间段的居住，是由于命运的安排——它是他的出生地，由不得他自主选择；那么，第二、三两个时间段的居住，同样皆非他的本意——精神疾病使他无法独立生活，必须由人照管，所以只能被安置于老家——前一个时间段，由他的母亲照料；后一个时间段，经当时的沙村大队安排，由邻居沙良红一家照料。

据说，沙耆蛰居沙村的日子里，虽然在周恩来总理的关心下，从1952年起由浙江省委统战部每月发放生活津贴给他，可他毕竟是一位没有自我生活能力的人，深陷潦倒的困境是必然的结果，尽管他患病后从未放弃痴爱的绘画，但没有绘画工具、油画颜料、画布画纸，只能用毛笔、木炭代笔，画在墙壁和报纸上，甚至满地肆意涂鸦。如今，在沙耆故居，尚可见板壁、墙面、地板上，画满了各种画。

应该说，长期蛰居于沙村，对沙耆来说，是一种命运的不幸。倘若，没有精神疾病，他必定会离开这个闭塞的乡村，要么留学或定居海外，要么供职于美术院校，为自己的人生闯出一番广阔的天地。而沙村对于他，或许会像雷婆头峰对于潘天寿一样，成为他心头的一个念想和作品中的一种具象。可在残酷的现实中，沙村是沙耆半生的"囚禁地"，完全将他与外界隔绝，他只能在母亲或邻居的照管下，在村子里晃来荡去。

然而，事物总有其多面性。长期蛰居于沙村，对沙耆的命运自然是一种不幸，但恰恰又是他艺术上的幸运。因为所处环境的偏僻，加上自身的疾病，让沙耆远离了政治和艺术领域的各种运动，也无缘参与对那个时期流行的艺术流派进行追随，更不会去关切因绘画而产生的社会效益。如此一来，反而排除了外界的干扰，让他可以安静而"特立独行"

地进行"涂鸦"，无形中找到了"表达"的自由，成全了艺术创作中的真诚。

1983年"沙耆画展"在杭沪京三地展出，其画作以"坚实的造型，沉郁的色彩"震动整个画坛。1985年之后的十年多里，沙耆由学生余毅（沙耆养病时住在他家）陪同前往江浙及东北名胜景区游览写生，创作了一大批"色彩绚丽，用笔豪放"的人物、静物和风景画。特别是进入90年代，其创作更是臻入化境，画风发生了巨大变化——集印象派、野兽派、表现主义和抽象主义之大成，引起了海内外专家和收藏家高度关注。

著名油画家詹建俊2001年为《沙耆七十年作品回顾展》撰写的"前言"中曾评价道："这是一位几乎被人们遗忘的画家，然而，这又是一位将永远留在我们的美术史上、并激发我们去对艺术的意义不断思考的画家。"这无不说明了沙耆相比同时期积极投身于时代浪潮中的画家，在艺术实践上要持久和深入，在艺术成果上要丰富和丰硕，从而使其成为"中国现代油画史上的一颗灿烂的彗星"，为油画艺坛增添了一道耀眼的光华。

那么，作为长期蛰居的家乡，沙耆又是如何看待沙村的？是心仪？是厌倦？是依恋？是仇恨？是木然？鉴于缺乏相关资料的佐证，我们无从下结论。当然，这不再重要。重要的是，沙村——这座拥有独特山水和人文气息的古村，不管是沙耆人生的"囚禁地"，还是艺术的"避风港"，都毋庸置疑地成了他生命旅程中最为重要的处所，它不仅记载了其作为"疯子公公"的特殊的生存状态，也见证了其作为"中国凡·高"的非凡的一生。

第三辑

关于小说的
十一条札记

1

练写小说的这些年里，碰到一些自以为是名家的人，总忘不了要告诫你：小说要怎么写怎么写。对于那些所谓的"告诫"，我当面欣然接受，背后免不了骂"狗屁"。如今想来，我的那种"阳奉阴违"，实在是一件好事。如果当初信了他们的"告诫"，顺着他们的道路"前进"，那么今天我就成了他们的影子。

2

一位作家写了一篇自己满意的小说，在某一次笔会上将内容概况讲述给我听，我听了大赞："这是一篇好小说。"然而，两个月后的某天，他打来电话沮丧地告诉我，某家杂志的主编不看好那篇小说。我问他，那家杂志发的都是好小说吗？他说自然不是。我便说既然不是，不认可又有什么关系呢？

3

有位作者"野心"很大，立志成为世界级作家。但事与愿违，写了近十五年，没写出什么名堂来。有一次，我问他："你最希望写出怎么样一个小说来？"他竟然说不出个所以然。我见状，大笑。写作如同远行，既定了目标，也得把准方向。如果没有方向乱走一通，纵然花费了无数力气，目标依然像星光一般遥不可及。

4

曾经做过一个梦，梦见自己被困在一个迷宫般的城堡里，不断地转悠着寻找上山的出口。可是不管自己如何努力奔走，都无法如愿。正在准备返身的时候，那扇通向山上的门豁然出现。原来那扇门就在身边，只是自己一直未曾发现。这个梦给了我一个启发：写小说其实就是一个寻找的过程，问题是你有否韧性和运气。

5

有这样一类作者，他（她）写成了一批质地尚可的小说之后，开始东奔西跑，寻求发表和出版的途径。通过他们的"努力"，那批小说终于相继亮相。可就在他们被读者视为作家的同时，已沦落为"文坛活动家"，以后再也写不出相同质地的小说来了。由此可见，很多时候艰难地发表，对作者的成长非常有利。

6

有位作家写小说二十年。在开始的十五年里，他写的几乎所有小说，都发在当地一家文学刊物上。前五年，他有意识地研读中外名著，小说里蕴含了一种先锋理念。可就在那时，他颇感失落地告诉我，那家杂志不很接受他的小说了。我听了，当即向他表示祝贺。如今，他的小说在知名刊物满天飞，备受行家好评。

7

当我推出小说集《狗小的自行车》之后，有一些好心者开始忠告我："你不能再那样写下去了，你得换一种新的写法了。"我闻之，不为所动。他们的好言相劝，使我想起一幅漫画：一个人在掘井，他掘了很多坑，有的深一些，有的浅一些，但总掘不出水来。其实，深的那些坑，只要再掘下去一点，便可大功告成。

8

有杂志发了我的作品后，稿费一拖再拖。拖过半年后，我便去信索要。一些文友笑我，你是为心灵还是为钱写作？我说写的时候为心灵，写好之后为钱。我一贯认为：写的时候和写好之后都为心灵的是呆作家；写的时候和写好之后都为钱的是无良作家；而写的时候为金钱，写好之后却称为心灵的则是伪作家。

9

有位作家评价一位作者时，总喜欢以世界级作家来衡量。他的做法不免有些夸张，但细想一下也不无深意。倘若我们的目标是爬上吴山，纵然如愿以偿了，高也不过百米；而假设我们想要征服的是喜马拉雅山，即使只能爬上其山脚，但达到的高度已数倍于吴山。写小说也是如此，"野心"大一点，爬得也会高一些。

10

我觉得作为一位写作者，要想在写作上有所作为，不能只是眼睛朝上，仰望文学大师树立的丰碑，而忽略个性一味地模仿；还应当眼睛往下，审视和关注自己的内心，一切从心灵出发进行写作。只有在这个前提下，再来全面观照当前人们的生存处境，和深入思考现今整个社会的命运，写出来的小说才能赋予灵魂。

11

我们谈论一位作家时，往往存在三种现象：一种是谈论他（她）的时候，根本不知道他（她）到底写过什么作品。一种是谈论他（她）的时候，知道他（她）确实发表过很多作品，但都印象模糊；一种是谈论他（她）的时候，会清晰地想起他（她）的一部或几部作品。作为一位写作者，我希望自己能成为第三种。

国画家对"笔墨"有两种不同观点：吴冠中认为，画到了一定境界，"笔墨"可以为零了；但张汀他们认为，再怎么画也不可能没有"笔墨"。

吴冠中把"笔墨"理解为单纯的"技法"，跟"文化""思想"是剥离开来的；张汀他们把"笔墨"理解为"技法""文化""素养""思想"的综合体。所以，他们争论不到一起。

但如果把他们的观点放到文学创作里，我觉得两者都是道理。吴冠中说"笔墨为零"，确实写到一定程度，"技巧"都掌握了，运用自如了，确实不用去顾及，就像五笔打字一样，打熟练，根本不用再去记字根表，手放到键盘上直接就打出来了。写作也是，对"技巧"用熟练了，根本用不上去考虑"技巧"了，要考虑的是"文化""素养""思想"。

但张汀他们说的"笔墨不能为零"，也是对的。因为你写到最后，尽管不用考虑"技巧"了，但事实上你还是在用"技巧"，无非你用熟了感觉不到在用了！而对"技巧"的掌握，本身也融入了你的"文化""素养""思想"，不同的"文化""素养""思想"的融入，呈现的"技巧"也确实是不同的，所以他们认为"笔墨为零"是荒唐的。

　　我们文学创作的时候，我觉得可以把吴冠中和张汀他们的观点结合到一起运用。比如，写作前期，我们要接受张汀他们的观点，通过学习、借鉴别人的技巧再融合自己的"文化""素养""思想"，形成自己的"笔墨"（技巧），要不，你连"笔墨"（技巧）都没掌握，也不可能写好作品。写到后面，可以接受吴冠中的观点，不要再拘泥于"笔墨"（技巧），也不能还去炫"笔墨"（技巧），应该着重于对"文化""素养""思想"的吸收或提升，去写出更出色的作品。

文学创作的：
方向·融：
合·创新：

　　邱振中先生在《什么是书法的标准》一文中，对于一件什么样的传统风格的书法作品是好作品？他提出必须同时具备两点：第一点，它能让我们感觉到传统中那种核心的东西；第二，它同时必须让我们感觉到传统中所没有的东西。

　　我觉得邱振中先生说的书法的"标准"，换成文学上面，就是写作的"方向"。你既然去写了，就得想明白：到底想写哪一方面的，最终想写到什么程度？这非常重要。就像我们远行，总得知道想去哪里——目的地。如果连这个"方向"（标准）都还模糊，那不可能创作出优秀的作品。而他提出的必须同时具备的两点，在文学上，简单地说，就是"融合"（第一点）与"创新"（第二点）。

　　那如何"融合"？我认为，首先要有"方向"，要清楚自己想写出什么样的作品？只有在这个前提下，你才能去取舍：哪些大师作品中的优点你想继承的，哪些大师作品中的优点是你不需要继承的，而不是全盘接收。取舍好了，就是"融合"了。就像一名调酒师，需要什么口味，心里要有数，这样才可去选取不同的酒，调和在一起。当然，有些偏差，在所难免。要不，那只能瞎调了。

那如何"创新"呢？其实，如果你能很好地"融合"了，自然也就等于在"创新"了。我们再以调酒师调酒为例：他把各种不同口味的酒，按不同比例有机地调和在一起，咱们先不说它的口味如何，但肯定已成了一款拥有自己口味的新酒。文学创作也是如此，你把不同大师的作品中的优点继承过来，有机地"融合"到了自己的作品里，就已经是一个全新的作品了，还要刻意去"创新"干嘛？

在一个群里聊文学，我认为我们写小说的，外在的东西自然要做到位，像语言呀、结构呀等，但内在的东西更重要。

说实话，每一个写小说的，花上五六年时间，只要有点才华的，外在的东西，都可以做到位了，但内在的，有些写了大半辈子，未必就能做到位。像我们写了这么多年，玩个文本啥的，可以像捏面团一样，爱怎么捏就怎么捏，想捏成哪样就哪样，但你把面团捏成包子或水饺后，要让它们变得可口，得把味儿调到位，就不是那么容易了。

这也就是说，外在的东西是有限度的，但内在的东西是无止境的。比如，思想的提升，就是无穷尽的。所以，我们写作的，不光是写小说，其他体裁也一样，真正要花力气的，不是在外在的东西上，而应该在内在的东西上。

譬如，我们去一些寺院调研，普遍发现硬件大都到位了，而软件真正做到位的非常少。因为硬件要做到位，不是那么难，有钱就可以。但软件，就不是靠钱就能做到位的，它是一个长期积累的过程。就像一个人，你花钱可以把他打扮得很靓，但要让他在短时间内提升文化内涵，那是可望而不可即的事情。而一座寺院，能延续数千年，靠的往往不是硬件，而几乎都是软件。

如果我们把硬件比作外在的东西，把软件比作内在的东西，道理也一样。所以，我们只有把内在做到位了，才有可能走得远。这，不仅是一篇小说，还是一座寺院，任何事物莫不如此！

创作中的：情
感·心灵·思
想：

有一位文友贴出篇写树的散文，让我提一下意见。我说，写作功底很扎实，结构语言都已无可挑剔，"表达"的成分可再多些。这里的"表达"，不是在文中发表议论，而是通过文字传递自己的观点。比如，为什么写这棵树？写它到底想表达什么？

只有这样，同样写一棵树，我们才能写得比别人独特、深刻，才有可能"脱颖而出"。最后，我建议文友在这个方面再多下些功夫，他的作品一定会更出色。确实，我们刚开始写，都追求"发表"，但写到一定的时候，要把"发表"转化为"表达"。而要转化为"表达"，必须呈现作者独特的思考和鲜明的印记。

譬如，一位优秀的摄影师，当他（她）忧伤的时候，拍摄了一只苹果，我们通过那只苹果，能够感受到他（她）的忧伤；在他（她）快乐的时候，拍摄了一只苹果，我们同样可以通过它，分享他的那份快乐。而更优秀的摄影师，当他（她）把梨头想象成苹果拍下来后，那只梨头在我们看来就是一只苹果。当然，那样的摄影师更是罕见，至少我是从来没遇见过。

摄影如斯，写作也然。再把话题引申到书画创作上。在花鸟写意里，我最服徐渭，还有八大山人朱耷；水墨山水里，最服黄宾虹；花鸟小品里，最服齐白石；国画人物里，还没最服的。徐渭的写意花鸟里，让我看到了随意和无畏；朱耷的写意花鸟里，让我看到了孤寂和叛逆；黄宾虹的水墨山水里，让我看到满纸"笔墨"（文化）；齐白石的小品花鸟里，让我看到了生活情趣……

我觉得书画家应该把心灵和情感融入作品里，通过作品让观者了解他们的个性和处世态度。比如，张旭的个性与他的狂草就极为融合，他的行为一贯疯疯癫癫，当时的人们将他视作疯子；凡·高的向日葵，让人感受到激情澎湃，因为他画那些向日葵时，已处于疯癫状态，那是精神亢奋的充分体现。

然而，我们现在的书画家，少了些许这样的融合，所以绝大部分作品，我们看到的只是技巧，甚至于技术，看不到他们情感的成分，更不要提心灵和灵魂了。书画家如此，作家也同样存在这类问题。再回到写作方面的话题，如果要想把"发表"转化为"表达"，那么必须先把心灵和情感融入作品里。

小说的文本、内核、探索与摸索

对于一部小说而言，文本是为内核服务的，对文本丰富性的探索必定为了小说内核更具张力和多面性。现代派小说的诞生，其初衷应该在于此。国外的一些小说名著，确实能达到这种目的，像卡夫卡的《饥饿艺术家》《变形记》，还有吉马朗埃斯·罗萨的《河的第三条岸》等。

然而，这种流派引入国内的时候，产生了极大的偏差——大多数所谓的先锋小说家往往只在文本上摸索，而忽略了对内核的强化，从而造成了这样一种普遍现象：读者读了他们的作品，不知所云！挺有意思的是，那些所谓的先锋小说家以此为乐，误以为读者看不明白就是高深。

确实，要读懂一篇严肃意义上的小说，并不是那么容易，特别是那种具有高度的小说，如果自己没有那种"高度"，的确很难理解它们的内涵，所以，什么人读什么书。但不存在连内容都让读者看不明白。于此，那些所谓的先锋小说，连同整个流派，到 20 世纪末基本上已被读者摒弃而逐渐灭绝。

如今，在庞大的中国文坛，还有一位裁缝出身的女作家在坚守，她就是残雪。近几年，由于出版商的虚张声势，她陡然"走红"，俨然成了最具诺贝尔文学奖竞争力的候选得主。可在我看来，她的小说类似于民国已退出历史舞台的"小脚"，当作奇观可以，要说价值就算了。

小说创作的道路有很多条，如果确定了方向，并不断前进的，我们称之为"探索者"；如果尚未明确方向，还在四处寻找的，我们只能称之为"摸索者"。而两者的区别在于，前者已硕果累累，后者尚颗粒无收。当然，这里的"硕果"并不代表数量之多，而是取决于质量之高。

不过，在国内就有这么一些摸索者，他们误以为自己是探索者，始终找不着方向，自诩为找到了很多方向。对于这类摸索者，我宁可把他们称之为"自负的盲者"。

黄宾虹特别看重笔墨技法，他曾教导林散之："古人重实处，尤重虚处；重黑处，尤重白处；所谓知白守黑，计白当黑，此理最微，君宜领会。君之书法，实处多，虚处少，黑处见力量，白处欠功夫。"

宾虹教导林散之的这段话，我们写小说时也很管用。在小说创作里，"黑处"是指"实写"部分，"白处"是指"虚写"部分。在一篇小说里，如果"黑处"太多，"白处"太少，我们会说写得太满，往往会趋于通俗，缺乏让读者思考的余地；"黑处"太少，"白处"太多，我们会说写得太空灵，往往会趋于艰涩，让读者难以理解其意义；只有"黑"和"白"均适度，才能做到好读耐读。

不过，要将"黑处"处理到位，需要文字功底和写作技巧；要将"白处"处理到位，需要文化积淀和思想内涵。

写作的传播
理念与佛教
的弘法

谈到佛教，总会让人联想到看破红尘，也即意味着对希望的泯灭。所以，对佛教的"空"，一般会理解成"虚无"。

其实，真的了解佛教后，发现并不是那么回事，像佛教中的大乘还是小乘，前者是发大心，为了成佛渡众生；后者是发小心，为了成为罗汉渡自己。但不管发大心渡众生，还是发小心渡自己，既然都想着"渡"，自然说明对未来充满着希望，那"空"怎么会是"虚无"呢？我觉得应该理解为"无限"更合适。

那么，为什么会是"无限"呢？因为无论渡自己还是渡众生，都是一件无边际的事情，就像搞文艺创作一样，要搞到什么程度才算达到了目标？事实上，是永远达不到目标的，也就是说是永无止境的，所以只能是"无限"。这就是我对佛教和佛教倡导的"空"的理解。

最近几年，写了若干佛教文化稿，有朋友开玩笑说，你到时不会"出家"吧？我说，不会。在我看来，真正的"出家"，无非为了"修行"和"弘法"，而自己这么多年来，不断积累文化知识、努力提升思想境界就是"修行"，坚持不懈地进行创作、不遗余力传播理念就是"弘法"，何必还拘泥于"出家"这种形式呢？

文艺作品中的歌颂与流传：：：：：

　　"西湖｜艺术"（公众号）推文《从蔡京的跋文去认识〈千里江山图〉的王希孟》一文中写道："《千里江山图》的主题其实十分明显……'江山'一词，不只是一个地理学的概念；它常常用来借代'国家'，而具有文化学和政治学的内涵。'江山图'的主题，多为对大好河山的赞美。"

　　由此，作者得出结论：《千里江山图》无疑是一幅典型的"江山图"，或许称得上中国绘画史上"江山图"的集大成者。随后，作者又通过对《千里江山图》的构图、色彩、颜料等多个方面，解析了《千里江山图》与政权的关系，说明它是一幅"政治正确"的歌颂作品。

　　笔者以前对于古代国画在歌功颂德方面不是很了解，但通过这篇推文对《千里江山图》的解析便略知一二。如果遵照这样的思维进行推论，那《清明上河图》的应运而生，应该是为了歌颂北宋的繁荣富强。或许正因为此，在中国的绘画史上，宫廷画的艺术成就，总是无法企及文人画。

　　由此想到，宋朝的文化繁荣昌盛，但其中的文学相对薄弱，几无涌现思想深刻的文学家，比如唐朝诗人杜甫、白居易那类的。名气最大的苏东坡，拼的也不是思想，而是满腹才华。而柳永、李清照等，更不要说了，不过是卿卿我我的小资词人。那个时代的作品里，思想稍微深刻些的，也就那首"直把杭州作汴州"，但作者林升没多少知名度，也不见其另外同类作品，基本上没形成什么气候。

究其原因，宋朝的当政者，太宠爱文人们，使他们生活得很滋润，都感受不到体制弊端和社会黑暗，所以也就无从写出有深度的作品了。由此可见，戕害文学家们思想的，不是压制和封杀，而是锦衣玉食的供给。不过，在散文诗歌和书画艺术方面，决定流传或湮灭的往往不取决于思想，要是换了小说这种体裁，可能就没那么好运了。

2003 年非典期间，阅读了加缪的长篇小说《鼠疫》和马尔克斯的长篇小说《霍乱时期的爱情》，前者让我读出了一种无以名状的恐慌感，而后者基本上无感，由此认定前者的艺术感染力远胜于后者。那个时期，我还阅读了加缪的与《鼠疫》合为一书的中篇小说《局外人》，觉得该文在艺术层面上比《鼠疫》更有"高度"，给我后来的小说创作带来了一定的启发。

在此之前，我阅读过马尔克斯的中短篇小说集和长篇小说《百年孤独》，个人感觉都胜过《霍乱时期的爱情》，特别是他的中短篇小说比《百年孤独》更优秀。记得，当时《百年孤独》轰动一时，我作出这样的判断，颇具冒险之感，好在后来在马尔克斯的一个访谈里看到，他自己也如此认定，从此让我对自己的鉴赏有了更多自信。

再说说加缪吧，读了上面提及的他的两部小说，可谓爱不释手，视为文学大神，经年后，毫不犹豫买下他的全集，但阅读了其中一部分后，有种说不出的失望。确实，那些作品与前两部相比，差距不是一般的大，或许那两部实在写得太棒了。

从这些阅读经历里，让我无不感知到，有些作家的成名作等于代表作，比如加缪的《鼠疫》和《局外人》；有些作家的成名作，小于代表作，比如马尔克斯的《百年孤独》。打一个广告，就我自己而言，如果也算有成名作，那必定是短篇小说《狗小的自行车》，但实际上我的短篇小说《在街上奔走喊冤》和《穿不过的马路》，更能代表我的小说风格。

也就是说，优秀的未必出名，出名的未必优秀，优秀的与出名的能画上等号，也许是一种巧合。世间的很多事情，就是这样阴差阳错。

2024 年的诺贝尔文学奖揭晓在即，被誉为"中国先锋派文学代表人物"的残雪，听说再度位居国外某个诺贝尔文学奖赔率榜的第一名。尽管那类榜单均系欧美一些博彩公司推出，咱们也不知道她通过什么途径登上的，但不容置疑的是，她又一次成为国内文学圈的"热门人物"。

提起残雪，据说诺贝尔文学奖原评委马悦然曾称赞她为"中国的卡夫卡"，但真正了解卡夫卡小说的，都会对这种"称赞"提出质疑，因为她的小说与卡夫卡的根本不是一回事，倒与"开创中国小说界'以形式为内容'的风气"的马原纯属同类，只是马原已放弃，她还在坚持。

对于残雪的那类小说，早在 2006 年，本人也尝试过一篇，题为《到处是谜》，发表在《青年作家》2007 年第 1 期，记得还作为当期小说头条被推出，但事后觉得颇为无聊，就舍弃了再次尝试，继续走"以'批判'为主、'荒诞'为副"的"荒诞派批判现实主义"的创作道路。

时隔 7 年之后，因发表环境的不容乐观，本人将原先坚持的创作模式调整为"以'荒诞'为主，'批判'为副"，创作了短篇小说《这怎么可能》，与短篇小说《六楼的那个露台》及创作谈《我小说中的三个关键词》，作为专辑，刊登在《都市》2014 年第 7 期"实力榜"。

如果说，《到处是谜》只是对先锋小说形式上的模仿，那么《这怎么可能》应该算是后现代小说的"中国实践"。后来，本人又陆续创作了《错案》（2014）、《跳动的耳朵》（2016）、《在劫难逃》（2017）、《伤口》（2019）等短篇小说，但适当地减弱了"后现代味"。

不好意思，有点扯远了，再回到开头的话题，在2024年的诺贝尔文学奖即将揭晓之际，本人计划陆续推送自己多年前创作的几篇具有"中国式后现代味"的短篇小说，以与广大国内小说创作者探讨：中国当代小说创作的路在何方？怎样才能走出一条具有中国特色的现代小说之路？

诺贝尔文学奖的权威性和存在意义

诺贝尔文学奖揭晓已进入倒计时，有文友问我对这个奖的看法，我说村上春树不获奖是应该的，他基本上搞的是流行文学。

但自从某某获了奖之后，我对这个奖基本上不怎么看好了，特别是近些年评出来的作家中，能撑住文坛台门的可谓寥寥无几，很多不过尔尔的倒接二连三地获奖了，而像米兰·昆德拉一辈子没获。

不过，想想也是，毕竟这个奖，也就十几个人在评，不能保证他们的鉴赏水平一定很高，要说到底有多少权威性确实也很难说，加上前几年还曝出了一系列丑闻，在评选的公正上也大打折扣。

更值得一提的是，那几个评委都是老头儿了，思维可能已经严重落后，但又想伪装成先锋吧，难免会评出一些不伦不类的人物。比如，前几年竟评出了一个唱歌的，简直令人无法想象！

其实，获不获奖没关系，能把所处社会的疼痛，用文字记录下来，留给后人去了解，推动时代的进步，才是伟大的作家。譬如，契诃夫、鲁迅、卡夫卡……这些漏奖分子，比诺奖得主们可伟大得多了！

所以，与其老是神往这个奖，不如埋头潜心创作。诺奖颁不颁给你，是评委们的事；作品能不能写好，是作家自己的事。把作品写优秀了，获不获这个奖，其实也就无所谓了。

当然，再怎么说，比国内的奖，它还是具有影响力的，因为它毕竟是全世界范围内评的，跟一个国家范围内评的不能比，就像在海里捕的鱼总比在池里捕的大。

至于这个奖存在的意义，我觉得国内媒体在它揭晓前会把全世界知名作家捋一遍，这样挺便于我们了解国际文坛信息和潮流，倒不失为一件大好事。

韩江为什么能荣获诺贝尔文学奖

2024 年的诺贝尔文学奖揭晓，获得者是韩国女作家韩江，授予理由是她"用强烈的诗意散文直面历史创伤，揭露人类生命的脆弱"。韩江，这个名字挺熟悉的，这几年国内对她的宣传力度挺大，主要是她的长篇小说《素食者》2016 年获得了布克国际文学奖，成为首位获得该奖的亚洲作家。2023 年，我在孔夫子旧书网公众号跟帖，还获赠了她的那部长篇小说《素食者》。不过，看书名像一篇环保小说，没多大的兴趣，所以一直没拆封膜。这次，因为她获了诺贝尔文学奖，一下子成了中国这几天最热门的人物，每个跟文学有关的公众号都在推送她的作品，便利用午休时间看了一篇推送率较高的《植物妻子》。

客观地说，这部小说，有三个优点：一、想象力还算丰富，但因为前面老早有卡夫卡的《变形记》摆在那边了，多少让人感觉有些模仿的痕迹；二、小说的语言还比较精练，除了偶尔有些情绪化的表达，基本上没什么废话，这方面远强于老莫；三、一定程度上反映了韩国白领在都市的生存困境，当然这个困境不是经济上的，而是侧重于心理方面的。关于缺点也较为明显：前半篇写得还扎实，看上去还挺生活的，但后半篇开始变得浮躁起来，似乎被情绪化的叙述所充塞着，脱离现实的感觉越来越强烈。文末，标注着"刊载于《创作与批评》1997年春季刊"，估算了一下是她27岁时的作品。

然而，昨天在某个公众号上看了一篇关于《素食者》的评论，说那篇长篇其实有几个短篇构成，其中一篇就是《植物妻子》的翻版。如此一来，对韩江的创作水准不再抱以乐观态度，因为被捧到制高点的长篇也不过如此，岂不意味着《植物妻子》代表了她的整体水准？而韩江的小说里之所以存在那些缺点，估计跟她的生活经历息息相关：她1970年11月出生，从小生活在一个充满文学氛围的家庭里，她的爸爸、哥哥、弟弟都是作家，她曾说自己从小除了书本外什么都没有，整天沉浸在读书之中，毕业于延世大学国文系，1993年就以诗歌作品步入文坛，1994年发表短篇小说步入小说文坛，后任教于韩国艺术大学文艺创作系，嫁的老公也是文学评论家，后来生了儿子和女儿都成了作家。应该说，她是一位有天赋、有才华、有想法的作家，但生活得太顺风顺水而且单一了，这也导致她缺乏对现实的磨炼、洞察和深切感知，创作的作品缺乏扎实感，无法很好地沉淀下来。

不过，记得好些年前，有一位记者提问诺贝尔文学奖的一个评委还是评委会主任，该评委还是主任如斯说（大意），他们评的不是全世界最优秀的作家，而是评出具有一定代表性的作家。如果按照这种说法，我觉得今年的诺贝尔文学奖颁给韩江是没问题的，只是读者和作者们不要误以为她就是全世界最优秀的作家了。那样的话，很多内行的读者会对诺贝尔文学奖产生绝望，但也会有很多外行的作者抱以希望，以为自己有朝一日也能荣获呢。

沈从文作品为何如此被热捧

最近二十年里，国内文坛对沈从文的作品推崇甚高，特别是他的代表作——中篇小说《边城》，被誉为“中国现代文学牧歌传统中的顶峰之作”。对于这部中篇小说的介绍，很早前就在不同媒介了解过，但感觉从它的梗概里，实在看不出有多“杰出”。然而，梗概与小说本身，毕竟具有较大差别，为更深入地了解它，前几天我从书柜角落里，找出了一本几年前买来未读的《沈从文卷》，认真地阅读作为开篇之作的《边城》。

作为民国时期众多作家里的一员，他的这部中篇小说《边城》，相对于其他同时代作品而言，肯定不能算差，至少从语言和描写上，均远胜过巴金的《家》《春》《秋》。它的语言清丽生动，如溪水般流畅，可谓“哗哗”作声，完全可与老舍的京语和张爱玲的沪语媲美；它的描写，特别是景物方面的，也极为到位，几乎把湘西的地域特色，经过提炼后都融入了文内，这等白描，我在50后作家何立伟的《白色鸟》中见识过。

而事实上，我能从《边城》中发掘的“优点”，也只有上面提及的那些。除此，谈不上还有什么可取之处。就算它的优点中的“景物描写"，作者可能过于醉心之故，很多处显得烦琐冗长，破坏了好几部分的结构。客观地说，整部小说读下来，感觉无非编造了一个情感故事，没太多可"咀嚼"的东西，更谈不上令人思考。取名为《边城》，似乎也"大而无当"，根本无法体现出小说的"主题"——实际上也没啥"主题"。

当然，这责任自然不在沈从文本人。将《边城》推崇得如此之高的，并非他自己所为，按他的话说，他写这些小说，无非是"这世界或有在沙基或水面上建造楼阁的人，那可不是我，我只想造希腊小庙。选小地作基础，用坚硬石头堆砌它。精致，结实、对称，形体虽小而不纤巧，是我理想的建筑，这庙供奉的是'人性'"。只是后来有些评论者闭着眼睛说瞎话，将其吹捧成"继鲁迅的《阿Q正传》之后重塑了中国形象"。

也正因为《边城》这部类似于时下热播的乡村情感剧的小说被无限推崇，沈从文这位本来在民国时期没多少地位可言的作家，突然在21世纪后被"一跃而成"为"中国第一流的现代文学作家，仅次于鲁迅"。如果沈从文尚在世的话，这样的抬举与夸耀，或许会吓着他自己。他做梦都不会想到，有朝一日竟然能赶超"鲁（鲁迅）郭（郭沫若）茅（茅盾）巴（巴金）老（老舍）曹（曹禺）"这六位民国文学大家中的后五位。

那么，沈从文为什么会如此被推崇？写这篇文字前，我在网上努力搜索，很遗憾没有明确的答案。但我猜想，应该跟当前的这个时代有关吧。凡70年代初或之前出生的，大都知道：从20世纪末起，我们整个社会的风气都发生了变化，从热衷于谈论国家大事变成谈论怎么赚钱。在这样的大背景下，很多作家为了迎合时代，或者被要求迎合时代，使国内的文学风潮也随之转向，文学作品的"意义"，被不断地淡化，甚至于模糊。

沈从文的作品，正好契合这种风潮。于是，他成了一个"受益者"。而鲁迅那种在作品中追求"意义"的作家，开始被"质疑"和企图被"抛弃"。像他的作品，在教科书里被"减量"，就是一个"铁证"。另外，像60后小说家余华的中篇小说《活着》和长篇小说《许三观卖血记》，一经出版在社会上均引起很大反响，且在文学界口碑颇佳，但双双落选"鲁迅文学奖"和"茅盾文学奖"，也佐证了国内文学圈被这种风潮所左右。

当然，目前左右这种风潮的，并非全是文学圈所为。所以，在这样的环境里，沈从文这位炮制"无意义文学作品"之"先驱"的无限走红，他的"无意义文学代表作"《边城》被推举成"牧歌界"之"巅峰之作"，也就不足为怪了。但我们应该清醒地认识到，这样的"美誉"，不过是特殊时期被吹出来的"泡沫"。

对：下半身写作：的批判

《挂牌女郎》：我呼吁 / 把普天下女人的胸 / 划分为两种 / 可以随便摸的 / 和不可以 / 随便摸的 / 并且每个女人 / 胸前都挂一大牌 / 上书：可以随便摸 / 或者：不可以随便摸 / 这样，当我走在街上 / 看到那些 / 丰乳肥臀的女人 / 就不用犹豫 / 不用彷徨 / 更不用把脸色 / 憋得像猪肝一样。

《压死在床上》：有人打电话 / 把做爱的夫妇吓了一跳 / 有人敲门 / 把做爱的夫妇吓了一跳 / 我们被别人吓过 / 我们也吓过别人 / 所以我们常说 / 来之前打个电话 / 进屋之前先敲门 / 直到地震那天 / 没有人敲门 / 也没有人打电话 / 做爱的夫妻们被 / 压死在床上。

我是在浏览诗江湖网站时，看到上面那两首诗的，他们的作者分别为沈浩波和南人。起初我只将它们当作是性变态的拙劣涂鸦，随后继续浏览发觉上述两位竟为当下文坛又一派系"下本身写作"群体的代表，这个群体中还有朵渔、尹丽川、李红旗、巫昂、盛兴、朱剑、马非、轩辕轼轲、李师江、阿斐、欧亚等70年代后的作者。于是，不禁愕然！

笔者是一位小说写作者，对诗歌知之甚少，但多少也翻阅过诸如泰

137

戈尔、徐志摩、顾城、海子等诗作者的诗作，那些诗无不使我感受到或博大的情怀，或深切的情意，或童话般的天真，或沉重的深刻，然而从那些"下半身写作"群体的诗作中，笔者除了感受到无与伦比的恶心，再也没有其他了。它们离诗歌的精神背道而驰，没有激情、没有寓意、没有诗性，只一味地显示着肤浅、枯燥和下流。

再看一下"下半身写作"自己的定位："强调下半身写作的意义，首先意味着对于诗歌写作中上半身因素的清除。"（沈浩波《下半身写作及反对上半身》）"知识、文化、传统、诗意、抒情、哲理、思考、承担、使命、大师、经典、余味深长、回味无穷……这些属于上半身的词汇与艺术无关，这些文人词典里的东西与具备当下性的先锋诗歌无关。"（沈浩波《下半身写作及反对上半身》）"对下半身的强调本质是在强调鸡巴。不是胯，不是腿，不是脚，也不是对这半截整体的强调。"（伊沙《我所理解的下半身和我》）这样的说法，让笔者深感困惑：艺术，除了知识、文化、传统、诗意、抒情、哲理、思考、承担、使命、大师、经典、余味深长、回味无穷……之外，到底还跟什么有关？

明明是内心龌龊的宣泄，却硬要将它们伪装得冠冕堂皇："很多人以为这只是诗歌写作中的一种，甚至是一种另类的言说。可事实并非如此，这是通往诗歌本质的唯一道路，这是找回我们自己身体的唯一道路，不了解这一点的诗人，根本没有资格来谈论现代诗歌。""只有找不着快感的人才去找思想。在诗歌中找思想？你有病啊。难道你还不知道玄学诗人就是骗子吗？同样，只有找不着身体的人才去抒情，弱者的哭泣只能令人生厌。抒情诗人？这是个多么孱弱、阴暗、暧昧的名词。所谓思考，所谓抒情，其实满足的都是你们的低级趣味，都是在抚摸你们灵魂上的那一堆令人恶心的软肉。"（沈浩波《下半身写作及反对上半身》)。如果没有接触他们的那些所谓的诗歌，我们真以为他们是中国诗歌的救世主呢！然而通过他们的"诗歌"（允许我加上引号，这样更确切一些），他们的那些谎言不攻自破。

然而可悲的是，在这样的状态中，在一些淫棍（这里是指推崇"下半身写作"的某些文学团体和报刊）的唆使和吹捧下，他们一时半会还不会清醒，他们依然会像他们中的另一代表所描述的那样："我抱着他 / 在夜里多么冷啊 / 我冷的时候 / 还会握住 / 他那里 / 那是第一次 / 他把我的手引向 / 那里 / 以后我就知道 / 手该放在哪儿了。（晶晶白骨精《N次》)"一味地沉溺于此，并回味无穷地快感下去，一如既往地无耻下去，坚持不懈地恶心下去。

这也许就是我们这个时代的诗歌，甚至于文学的悲哀！

脑瘫诗人：被卖力吆喝的背后

随着一首名为《穿过大半个中国去睡你》的诗在网络"病毒般蔓延"，一位写了16年诗的因出生时倒产、缺氧而造成脑瘫的湖北钟祥市石排镇横店村农妇余秀华，以及她的诗歌，在微信圈中被反复传递，并迅速让人熟知与谈论，使其于一夜之间成为热门话题。

在余秀华爆红后的几天里，她家的院子挤满了采访的记者、摄像，出版社编辑，还有慰问的领导，以至于让她有些抵触"外界突如其来的对诗的热捧，还有伴随在这热捧之后的猎奇"，在朋友圈里说："对诗歌而言，这样的关注度实在不应该，超过事情本身都是危险的"。

作为一名脑瘫者，余秀华说话时模糊不清，摇头晃脑，走路和打字时感觉很费力，按她自己的话说："这对学习、工作、婚姻都带来了影响。"但她在这般困境中，于2009年起写诗，到目前已写了2000多首诗，作为一个励志典型或一种奇迹被宣传报道，倒也无非厚议。

但匪夷所思的是，原本是一种新闻现象，却被大肆炒作成了文化景观。先是某诗刊于去年9月号冠名"脑瘫诗人"进行推广，随即有学者将其捧为"中国的艾米莉·狄金森"（美国伟大诗人之一），后来有人干脆鼓吹：在不久的将来获得诺贝尔文学奖还真的不无可能。

那么，余秀华的作品到底如何？诗人沈浩波说："仅就诗歌而言，余秀华写得并不好，没有艺术高度。"《红岩》文学杂志常务副总编、诗人欧阳斌则认为："她还是有一定的诗歌天赋、素养的，但从目前已经发表的作品看，余秀华给我的感觉最大的问题是，模仿写作。"

可就是这样一位作者，在文学图书特别是诗歌集出版异常艰难的当下，时隔一周，她的两本新书就开售了，打的都是"即将上市"的宣传语，其中一家出版社出的那本副标题里还加上了"首印上万册，哪怕亏本也要出"。

"脑瘫诗人"为何如此被卖力吆喝？说破了，都是为了分一杯利益的羹——某诗刊冠名"脑瘫诗人"，明显借此吸引读者眼球，增加来年的征订量；学者和诗人的狂吹，无非是提高自身知名度，争夺界内的话语权；而出版社的蜂拥而上，更是将其视作了一株"摇钱树"。

而类似现象，在此之前，其实并不罕见。且不说自称"9岁起博览群书，20岁达到顶峰，智商前300年后300年无人能及"的凤姐，也不说自我标榜"清水出芙蓉，天然去雕饰"的芙蓉姐姐，就是前不久，靠写"天上的白云真白啊"的"废话体诗人"乌青不也红遍了网络？

显然，在这些卖力吆喝的背后，无不潜藏着利益的"阴谋"。这就非常值得我们警惕！试想一下，如果我们的文化总是让利益绑架，那么真正优秀的作品就会被无端遮蔽。如此一来，我们还怎么指望让优秀的作品更好地介入并影响公众生活、积极地传播文化正能量呢？

  偶遇《人物》公众号的一篇推文《马原的城堡》，因当天下午要去开一个评审会，只看了三分之一。评审会结束，已是晚上，在酒店用自助餐时，闲着无聊浏览微信朋友圈，意见发现马原已成了"热点"。

  于是，我重新找来那篇《马原的城堡》，读完全文后，不得不认为：马原的那个根本不是"城堡"，而是一个"魔窟"。至于他为何成为"热点"，这里我不再赘述，转来一篇微博截图，从中大家应该可以了解个大概。

  对于此事，文友赵瑜发公众号推文（已被屏蔽）称："马原的自私和狭窄，与他是不是一个作家并无关系。他也是这样一个时代的一个病人。"我不以为然："马原的病，是上个世纪末太把作家当回事，惯出来的。"

  对于他的小说，我则认为："整体感觉只有形式没有实质。"我所持的这种观点，不是今天产生的，早在 20 多年前，在我随手写的阅读札记里和在《鸭嘴兽》（现《西湖》）新锐小说研讨会的发言中都曾表达过。

  其中，《鸭嘴兽》新锐小说研讨会上的那个发言——《写作，一切从心灵出发》，后来先后被收录于本人散文随笔集《行走的写作者》（知识出版社，2011 年 10 月）和《灵魂的指向》（知识出版社，2016 年 3 月）。

马原及其推崇者的小说：的面目：

前段时间我狠啃了马原的作品——小说，觉得一些作家对他的推崇似乎有些过了，他很多小说只不过在模仿西方现代派作家的作品，而且可悲的是他模仿的远远不到位，换而言之只模仿了作品的形式，离作品的内核相差得实在太遥远！因为他创作时缺乏他们创作时的心境，而这偏偏是模仿不了的。

当然马原没有错，错的是那些吹捧者，我很怀疑他们到底懂不懂小说。

而更使人深感寒心的是，眼下的一些作家依然在作这种无聊的模仿，老实说我真不知道他们这样做的意义何在，因为他们的作品只注重于玩弄技巧，而没有真正融合自己的生存状态及对社会人性的思考，是为模仿而模仿，难怪很多人反映根本不知道在写什么。

我认为一部好的作品首先要让人看懂，并在此基础上让人深思，卡夫卡等一些西方现代派作家的作品大都如此。可惜马原及他的一些推崇者的作品缺乏的恰恰正是这种品质。当然这是眼下大部分作家所缺乏的。所以从本质上而言，真正代表中国现代派的作家，我个人认为只有余华，其他的或许还有，比如鬼子之类的，但名声还不是很大。

第四辑

　　太宰治，本名津岛修治，日本小说家，与川端康成、三岛由纪夫并称"战后文学的巅峰人物"。他从学生时代开始创作，体裁涉及小说、杂文、戏剧等，1935 年凭借短篇小说《逆行》入围第一届芥川奖；第二次世界大战后，创作了短篇小说《维荣的妻子》和中篇小说《斜阳》《人间失格》等，被视为其小说代表作。他一生中有过 5 次自杀，最终于 1948 年跳玉川上水而亡，时年 39 岁，留下遗作《人间失格》。

　　2024 年初，笔者花了一周时间，断断续续阅读了《人间失格》，感觉跟鲁迅先生的《阿 Q 正传》颇为相似，两者皆系中篇小说，塑造的主人公均为异类——叶藏和阿 Q，描绘的都是其在社会上的遭遇，结局也几近相同——前者服安眠药自杀，后者被判刑枪决。由于那本收录《人间失格》的同名小说集封底印着鲁迅先生对太宰治的评语："精神的洁癖，让像太宰治一样的人容不得半点的伤害，他活在自己的世界里，卑微而自由。他想要打破什么，却又没有方向。他的痛苦在于他用心看着漆黑的世界。"一度以为鲁迅先生创作《阿 Q 正传》受了太宰治《人间失格》的影响。

　　然而，查询两篇小说的发表时间，发现《阿 Q 正传》(1921) 比《人间失格》（1948）早了27年，而且还查询到太宰治于"1944年12月20日，为调查鲁迅于仙台的事迹，赴仙台"，并于"1945年2月，完成鲁迅传记《惜别》，朝日新闻社发行"，足见比鲁迅先生（1881-1936）小28岁的太宰治（1909-1948）还是鲁迅先生的"粉丝"，由此推断出太宰治在《惜别》发行后的第三年，也就是他投水自尽前所创作的《人间失格》，极有可能受到了鲁迅先生作品的影响，借鉴了《阿Q正传》的一些创作手法。

关于创作中的"借鉴"，一贯被视为对优秀作品的"继承与创新"。古希腊先贤曾提出："文学起源于模仿"，我国也有"他山之石，可以攻玉"一说。古往今来，诸多文学大师都在模仿中创新，在借鉴中超越，创作了不朽之作。譬如，鲁迅的《狂人日记》，在体裁、形式和表现方法上，无不受到果戈理同名小说的影响；但在思想和主旨上，与果戈理的同名小说存在着本质的差异，对当时社会制度的揭露和鞭挞上更加犀利、深刻、有力，是一篇彻底的反封建的"宣言"，在中国现代文学史和中国现代文化史上都具有跨时代的意义。

应该说，《人间失格》明显留着《阿Q正传》的"影子"，尽管谈不上对后者的超越，但两者反映的思想和主旨迥然不同，后者通过阿Q身上的"精神胜利法"揭露了"中国的民族劣根性"，并批判了"辛亥革命的不彻底性"；前者则通过叶藏"充满了可耻的一生"，表现了"日本社会与现代人精神与感官世界的双重萎靡"。可以这么说，《阿Q正传》是一篇通过阿Q这个人物由内在向外界不断拓展的作品，而《人间失格》则是一篇停驻于叶藏这个人物内在的作品；也就是说，后者把重心放到了对人物所处时代的观照上，前者则更加专注于对人物精神层面的剖析。

于此，也体现了两位作者不同的写作立场和风格——鲁迅先生的作品更多的是希望对那个时代进行干预，他的作品始终关注着"病态社会"里知识分子和农民的精神"病苦"，通过展现所处时代的弊端，引发对社会问题的关注和"治疗"，因而被视为"伟大的文学家、伟大的思想家、伟大的革命家"；太宰治的作品基本上都是他的自我告白，其文学的整体走向和脉络，就是"从对现实生活的恐惧，到生而为人的虚无感负罪感，因抓不到生活的意义而堕落颓废，终至死亡"，从而成为日本"无赖派"文学（通过描写颓废堕落的国民生活来追求思想的解放，抵制当时的社会思潮）代表作家。

《我弥留之际》之：技术壮举：

　　由李文俊先生翻译的美国作家威廉·福克纳长篇小说《我弥留之际》购买迄今已逾十年，期间阅读的次数肯定不少于五回，但前几回基本上都不到"半途"而"废"。究其原因，小说通过频繁切换不同人物的视角、时间和空间的转换，让人感觉眼花缭乱，由此制造了阅读障碍。最近这回，笔者以"啃硬骨头"的精神，对照着正文前的人物表，静下心来研读，陆陆续续花费了近两个月时间，终于攻克了这个"难关"。

　　应该说，这部长篇小说的故事并不复杂，讲述了美国南方一位小学教员出身的艾迪·本德伦在弥留之际的情景以及其离世后她的丈夫安斯·本德伦率全家将其遗体运回家乡安葬的历程；揭示的主题也不高深，尽管评论家各抒己见，有的认为：写出了一群活生生的"丑陋的美国人"，也有的认为：写了一群人的一次"奥德赛"，但按作者自己的话说：《我弥留之际》一书中的本德仑一家，也是和自己的命运极力搏斗的。

　　真正造成阅读难度的，是作者运用了多视角叙述方法。《我弥留之际》一共 59 章，其中 58 章由 34 个人物中的 15 人以每人一章或多章通过自叙组成。而这 15 人中，绝大多数无论年龄、身份、地位，还是个性、修养、智商，都各不相同。这些形形色色的人物，以"内心独白"的方式，讲述自己的所见所闻所想所感，呈现出生活中微小和日常的事物，在缓慢推进故事情节的过程中，不断构建着叙述方面的"迷宫"。

当然，这种多视角第一人称叙述方法，带来的益处是显而易见的——它不仅继承了传统第一人称叙述的主观性和真实感，又克服了单一的第一人称叙述带来的视域限制，可以让读者更全面地了解故事的发展，更真切地感受到不同人物的观点和情感，同时还起到了增加作品层次感和丰富度、扩展其张力和内涵、提升艺术价值的作用。于此，《我弥留之际》被众多评论家认为是代表福克纳最高创作成就的作品之一。

更值得一提的是，《我弥留之际》这部小说，对作者的写作能力，无疑是一次巨大的考验。该文通过 15 个人物，以"我"的视角，用"内心独白"的方式，交互穿插连贯叙述了 58 章（其他一章以第三人称叙述）。且不说其内涵如何，单就小说的语言和心理描写，就得呈现出至少 15 种不同的"面貌"——因为每一个不同的人物，都有其独特的心理特征和语言风格，这需要作者在创作时转换 15 种以上的角色。

对此，后人称：对福克纳而言，写作《我弥留之际》是一次冒险的"技术壮举"。可笔者认为，光光说是"技术壮举"，似乎并不妥。更恰切地说，那是一次对其无比熟稔故土生活的证明。据说，福克纳几乎一辈子都没真正离开过家乡，从《沙多里斯》开始，始终怀着一种复杂的感受描绘着那片"邮票般大小的故土"，构建了一个庞大的艺术世界——约克纳帕塔法世系，而《我弥留之际》便为其中的重要部分。

《老实人》的阅读落差及时代意义

我们在阅读世界名著的时候，往往会出现这样的情景：一部被公认为经典的小说，读罢掩卷沉思感觉不过尔尔。此类情况，在笔者的阅读历程中，可以说并不罕见——有的可能是认知的局限，有的可能是欣赏的差异，还有的可能由于小说时代的变迁。譬如，笔者前段时间阅读的伏尔泰的小说《老实人》，就归属于最后一类的典型案例。

应该说，笔者在阅读《老实人》之前，其声誉早已如雷贯耳。然而，读完之后，并没有收获想象中的那种"惊喜"，反而感觉与预期的落差较大。确实，《老实人》讲述的故事，在笔者读过的小说中，可谓屡见不鲜，无非讲了主人公甘迪德（男爵妹妹的私生子），因爱上表妹（男爵女儿），被男爵逐出家门，从此踏上惊险奇特的旅途的故事。

不过，整个小说写得荒诞不经，并不失幽默而风趣，具有一定的可读性，至少不至于味同嚼蜡。可是在主人公的那次漫长旅途中，尽管作者用紧凑的节奏，安排了大量形形色色的天灾人祸，让他去亲历、见证、思索、成长，由此摒弃盲目乐观主义，变得中庸实际。但这一切，在笔者看来，似乎并不高明，很难与那类"经典佳作"挂起钩来。

那么，是《老实人》"诞生"后的历代评论者对它的评价产生了偏差，还是笔者的认知有局限或者欣赏存在差异？细想之后，窃以为均不归属于上述因素，问题出在时代的变迁上。事实上，《老实人》是18世纪50年代的产物，而笔者所处的是21世纪20年代，这中间已整整相距了两个半世纪，以如今的目光去回望往昔，难免会显得陈旧落后。

其实，不光是《老实人》，在阅读其他世界名著时，也时常会出现这种心理落差，特别是创作时代久远的作品，无论文本创新度，还是故事新鲜感，甚至于思想先进性，总会随着时光流逝而打些折扣。这如同19世纪中期发明的碳化竹丝灯，终究无法跟20世纪末改良的白光LED灯相媲美，但并不影响它在推动人类文明进步方面所作的贡献。

而纵观18世纪中期的法国，贵族和教会占据着统治地位，普通民众生活在贫困和压迫之中。当时推行的蒙昧主义，更是残酷迫害思想进步者。在那种时代背景下，作者在《老实人》中虚构了一个理想社会，还让主人公认识到"地球满目疮痍，到处是灾祸"，并在结尾喊出"要紧的还是种我们的田地"，无异于"肩住黑暗的闸门，在铁屋中呐喊"。

难怪乎，《老实人》的作者伏尔泰，作为新思想的传播者，被称为"18世纪法国资产阶级启蒙运动的泰斗"，并被后人誉为"法兰西思想之王""法兰西最优秀的诗人""欧洲的良心"等。而这部创作于1759年的哲理性讽刺小说，则被公认为是"伏尔泰在反对专制主义和封建特权，追求自由平等和资产阶级君主立宪制的斗争中创作的不朽作品"。

创作于 1922 年 1 月至 9 月的《城堡》，是卡夫卡的最后一部长篇小说，当时离他去世还剩两年时间，也是他的一部未完成的作品。按照他写在一张纸条上的遗嘱要求，它本该被焚毁的。但好友马克斯·布罗德"违背"了他的遗愿，不仅没有焚毁，还整理出来（连同其他短篇小说和长篇小说），并于 1926 年出版，使之被后人视作"20 世纪最重要的现代主义小说之一"，它所描述的"城堡"，与他的另一部小说《变形记》中的"甲虫"一起，成为不朽的象征。

《城堡》讲述了主人公 K，经过长途跋涉，终于在深夜抵达城堡管辖下的一个村落。他为了获取进入城堡的许可，冒充土地测量员，进村找了一个客栈住宿，并与形形色色的人周旋，包括勾引城堡官员的情妇、找村长、给学校当员工等，可是费尽周折，累得精疲力竭，始终进不了近在咫尺的城堡……小说到此戛然而止，由于没有完稿，据有关资料称，预计的结局是：K 弥留之际，接到了城堡当局的传谕，允许他在村中工作与居住。

作为一部现代主义小说，《城堡》给读者的感觉"迷宫似的令人晕头转向"，一向被认为是卡夫卡众多小说中最难读懂的一部。关于小说中的"城堡"，到底象征什么？历来也是众说纷纭，目前至少存在三种解读：一说是昭示着现代人类对一个从不存在的上帝的诉求的失败；二说是描写了普通人与行政当局之间的对立；三说是某种抽象理想的象征，譬如"象征艺术理想的所在"，进入城堡的努力象征了人对美好事物的追寻，如同"每一位艺术家都渴望心中的圣地，但无论怎样呕心沥血终将难以抵达"。

其实，只要对卡夫卡的作品有所了解，便可知"全部意义在于问题的提出而非答案的获得"。《城堡》作为其代表作之一，显然也不例外。小说中的"城堡"，象征着上述三种解读中的哪一种？我们自然无法定论。不过，倘若让笔者选择，希望是最后一种。这不仅缘于笔者作为写作者，对此有着感同身受；更为重要的是，可以让"小说中的主人公 K 寻求进入城堡的路途"与"作者卡夫卡一生追求文学的道路"产生高度的吻合，使这部小说的寓意变得更加深远。

可不是吗？回顾卡夫卡的一生，我们不难发现，他自幼爱好文学，18 岁进入大学攻读的就有文学，20 岁开始创作《一场斗争的描写》第一稿，25 岁在《希佩里昂》杂志上发表处女作，直到临死前三个月，病情恶化的情况下，还完成了《女歌手约瑟菲妮》。可以这么说，他穷其一生，都在孜孜不倦地写作。如果把"小说中的 K"与"现实中的卡夫卡"角色互换，再分别将小说"已完成部分"与"预计的结局"、卡夫卡"在世时"与"离世后"作为分界，"小说已完成部分中的 K"岂不代表着"在世时的卡夫卡"？

此外，生前默默无闻的卡夫卡，离世后没多久，由其好友马克斯·布罗德整理出版了他的作品，并取得了较大的成功，他的价值逐渐为人们所认识，并在世界范围内形成了一股"卡夫卡"热，为了纪念他，1983 年发现的小行星 3412，还以"卡夫卡"命名。由此可见，"小说预计的结局中的 K" 又何尝不是 "离世后的卡夫卡"？难怪有评论家称：
"卡夫卡是个自传色彩很强的作家，几乎每一部作品都是在写他自己，
表现他自己的内心世界。"

不过，笔者认为，《城堡》除了具有浓厚的象征意味、强烈的自传
色彩，还展现出了惊人的预言性：一方面，作者在小说 "预计的结局"
中，借 "K 被允许在村中工作与居住"，准确地预见了自己身后在文学
上取得的巨大成功；另一方面，作者在小说中通过描写 K 的困境，预见
了现当代人的困境，特别是现当代艺术家的困境，这正如法国存在主义
作家西蒙娜·德·波伏娃所说的："其他作家给我们讲的都是遥远的故
事，卡夫卡给我们讲的却是我们自己的故事。" 好在，他在小说 "预计
的结局" 中预留了 "光明"，这多少给予了我们一份突破困境的希望和
勇气。

《河的第三条岸》
的：开放性：

在世界文坛没有多少影响力的巴西作家若昂·吉马朗埃斯·罗萨，著有一部在国内小说界几乎无人不知的小说《河的第三条岸》。在笔者练笔迄今的三十余年里，曾在数十部世界经典小说选本里偶遇过这部小说，也数十次听不同小说家在不同场合谈论过这部小说。可以这么说，在当前国内的小说家中，特别是在新生代和 70 后小说家群体里，这部小说无不被奉为"圭臬"。

《河的第三条岸》作为一部短篇小说，篇幅不长，按汉字计算，不足 3500 字；讲述的故事也是一目了然——一位本分的父亲，订购了一条"用含羞草木特制"的"供一个人使用"的结实小船。送来的那天，他告别家人，去了一条离家不远的大河，终日在那里漂荡……儿子暗地里设法为他送去食物，家人们千方百计希望他重回家庭，但他始终不理不睬。最后，已白发染鬓的儿子，隔岸向他呼唤，让他回来，愿意自己替代他。可当父亲真的靠近岸边时，儿子却落荒而逃，并因极度恐惧而病倒。从此，父亲再也不见踪影。而担心自己活不久的儿子，寻思死后要让别人装在一只小船里，在河上迷失，沉入河底……

众所周知，大凡传统小说，其创作大多处于一种封闭的系统之内，即运用六种叙事基本元素纵横交织，以线性因果链条的结构方式，构成一个立体的封闭系统。然而，《河的第三条岸》显然有些不同，尽管它并未打乱故事情节发展次序，并同样具备叙事基本元素中的"时间""地点""人物""经过"等几种，但"起因""结果"呈现得没有那么"完整"。譬如，针对小说中的"父亲"，始终没交代：他为什么要去漂荡？为什么不肯回家？为什么会突然接受儿子召他回归的提议？而对于"儿子"，也只字未提：他为什么对父亲出走会感到有罪过？为什么后来想去替代父亲在河上漂荡？为什么在父亲接受提议后临时变卦？到小说结尾时，又为什么寻思：死后要装进一只小船，在河上迷失，沉入河底？

由于"起因""结果"等叙事基本元素的"缺失"，使《河的第三条岸》这部小说的创作体系，极大地打破了传统小说的那种封闭性，从而无论在情节方面还是在人物方面，均具备了开创性——首先在"细节描写"中，意义的指向不再那么明朗和确定，处处显得含蓄、模糊和朦胧，给读者留下了诸多想象的空间；其次在"结局"上，传统的小说创作只有一个结局，并且往往会按照作者设定好的方向进行结尾，但这部小说的结局，作者没有给出明确的方向，而且很难说清楚是多个还是根本没有结局；再次在"塑造人物形象"时，它跳出了传统的人物性格单一的模式，趋向于多元的性格发展模式。

正因为此，对于这部小说的解读格局，由"一元"（封闭性）转变为了"多元"（开放性）：有的认为"这部小说通过父亲和儿子的故事，探讨了个人追求精神自由与家庭责任之间的矛盾和冲突，同时也表达了对于理想生活的向往和对现实束缚的反抗"。也有的认为"拉丁美洲社会中有大量缺少父亲的单亲妈妈家庭，这部小说反映了这种有趣的文化现象"。还有的认为"小说中的父亲可能在年轻时背叛或辜负过他的父亲，所以数十年后选择自我放逐到河上来获得救赎"。甚至有的认为"这部小说讲述是人体内非人意识的觉醒，是从文明社会的人类身上拔下层层束缚，重新寻找赤身裸体的背离道德的自由的过程"。可谓不一而足。

那么，这无数个"答案"，到底哪个是正确的？基于资料的欠缺，我们无从了解作者与此相关的阐述，纵然有过，也未必就是标准答案。因为一部作品问世之后，对于它的解释权，已不再属于作者本人，而是属于广大读者，即便作者有权解释，读者可以接受也可以不接受。特别像《河的第三条岸》，做为一部开放性的小说，它到底想表达什么？这并非一道单项选择题，而是一道多项选择题，读者完全可根据自身知识、技能、态度和信念的不同，作出符合自己需求的主观的答案。这或许就是《河的第三条岸》这类小说的魅力所在，也是它们被众多小说创作者推崇和深受广大读者迷恋的原因所在吧！

《小径分岔的花园》的：中国元素：

作为阿根廷作家博尔赫斯的小说代表作，也是其小说在中国最为读者熟知的《小径分岔的花园》，几乎汇集了他的小说中诸多共同的元素："梦""迷宫""图书馆""虚构的作家和作品""宗教""神祇""时间""空间""侦探""玄学"等，后人评定这部小说为：作者在其中将"模糊真实时间和虚构空间界限的本领"发挥到了极致，最大程度地反映了"世界的混沌性和文学的非现实感"，给读者"建造了一个谁都走不出来的迷宫"。不过，在笔者看来，这部小说最为鲜明的特征是充满了"中国元素"。

这部创作于 20 世纪 40 年代初的短篇小说，背景设在第一次世界大战的欧洲，主要讲述了：在英国为德国当间谍的青岛大学前英语教师余准博士，在同伴被捕、自己被追杀的情况下，躲入汉学家斯蒂芬·艾伯特博士的小径分岔的花园。而当艾伯特与他正热烈地谈论关于迷宫与时空的哲学时，他却把艾伯特枪杀了。随后，余准被追杀的人逮捕。最终，他的上司——柏林的头头，通过这个事件，轰炸了那个应该攻击的城市——艾伯特。而被判处绞刑的余准，则感到了无限悔恨和厌倦。

显而易见，这部小说的主人公"余准博士"是"中国人"，主要人物"斯蒂芬·艾伯特博士"是"汉学家"；故事发生地"小径分岔的花园"是"中式花园"，其中的"凉亭""乐声""灯笼"《永乐大典》逸卷""青铜凤凰""红瓷花瓶""方格薄纸""蝇头小楷""章回手稿"等，均为"中国产物"；"我"（余准）与艾伯特谈论的内容——"云南总督彭寰""明虚斋""比《红楼梦》人物更多的小说""一支军队""玄学""棋"等，以及其中"关于时间与空间的思考"，无不涉猎中国的人、事、物。

其实，不光在小说的"硬件"（表面）上，在"软件"（内在）方面同样充满了"中国元素"。譬如，余准进入"小径分岔的花园"后，模糊了"真实时间"和"虚构空间"的界限，使他怀疑自己是否"真实存在"或"虚幻存在"。这在"庄周梦蝶"的故事中，跟庄子所经历的"梦境"一样，并无明确的边界或标志，很难判断处于睡眠还是清醒状态；又如，余准正在与艾伯特友好交谈时突然扣下手枪扳机杀死艾伯特，此行为也印证了《易经》所阐述的"天地万物都处在永不停息的发展之中"。这不得不说，这部小说带着明显的"'庄周梦蝶'般的虚幻意味"与"《易经》中形而上学的思想"。

当然，这样的"关联"，并非牵强附会。博尔赫斯虽没到过中国，但对中国传统文化颇为着迷。他主编过西班牙文《聊斋志异选》、与人合编的《幻想文学作品选》中收录了《红楼梦》与《庄子》选段、曾撰写评论盛赞《红楼梦》为"中国文学史上最著名的小说"、为西班牙语版《易经》作序、将《诗经》中的部分作品翻译成西班牙语。除此，还创作了以中国为题材的诗歌《漆手杖》《长城和书》、散文《时间新话》《皇宫的预言》、小说《女海盗金寡妇》《小径分岔的花园》。更有意思的是，他还在纽约唐人街购买过一根"中国制造"的漆手杖，一直带在身边，多次表示有机会要拄着它前往中国游历。

于此，阿根廷马德普拉塔国立大学历史系教授梅赛德斯·朱弗雷认为："博尔赫斯的创作受到中国传统文化的影响是毋庸置疑的。"他甚至断言：《小径分叉的花园》的世界观和情节设置明显受到了《易经》和《红楼梦》的影响。与他的观点不谋而合，也有不少评论家如此评价博尔赫斯的作品"常常蕴含中国哲学和道家思想，具有东方哲学的灵动、淡泊与神秘"。确实，倘如没有对中国传统文化这般着迷，博尔赫斯也不可能创作出这部集"中国元素"之大成的经典之作。可以这么说，《小径分叉的花园》就是博尔赫斯对"中国情感"的"投射"。

《墙》：存在主义哲学的萌芽

《墙》是萨特创作的一部短篇小说，它与作者其他的三部短篇小说《卧室》《艾罗斯特拉特》《闺房秘事》和一部中篇小说《一个企业主的童年》结集，于1939年2月首次以《墙》为小说集名出版。而事实上，这部短篇小说的实际创作时间，至少在首次出版的一年零五个月之前——首次发表在1937年7月的《新法兰西评论》上，比萨特的代表作——中篇小说《恶心》的出版时间1938年还早，因而被视为作者发表的第一部小说，也算是他文学生涯的正式开端。

据说，这部"通过描绘内战时期西班牙囚犯的故事，探讨了人的存在、自由与责任等哲学问题"的短篇小说一经发表，便在当时的法国文学界引起了广泛的好评，比萨特年长36岁被他盛誉为"不可替代的榜样"的年近古稀的文学家纪德曾毫无保留地称赞道："这是一部杰作，很久没有读到这样使人高兴的作品了……当可寄大希望于作者。"后来，这部短篇小说被认为是萨特"哲学式文学创作"的起点，融入了其"存在主义哲学"以及极力宣扬的"介入"思想。

由于《墙》与"高深"的哲学"扯"上了关系，不了解的读者难免会以为这是一部艰涩难懂的作品。其实，它颇具"悦读"效果。这部短篇小说主要讲述了西班牙内战期间，共和党人巴布洛与汤姆、胡安被长枪党徒判处死刑，在处于死亡临界状态时，汤姆勉强支撑着、胡安已吓得神经错乱，而巴布洛虽表现得克制有度，但内心不免恐惧，只是尚能无畏地面对死亡。在小说最后，巴布洛想以假供戏弄对方，却意外地害了战友，而自己因此获释，颇具荒诞性。

对于这部短篇小说，表面上似乎看不出有明显的"哲学痕迹"，但细究之下，不无充塞着"哲学意味"。譬如，小说以"墙"为题，无不蕴含着"禁锢（牢房）、界限（生与死）、隔阂（三名囚犯之间的关系）"之意，从"有形"与"无形"两种层面上均对主题有着充分的体现。当然，作者如此而为，与其身份密切相关。因为在发表《墙》之前，萨特更为倾心的是"哲学"，而非"文学"。包括后来，他一直以"哲学家"与"文学家"的双重身份展现于世人面前。

不过，有人称《墙》为"存在主义文学的重要代表作之一"，理由是其通过对巴布洛在牢房里等候处决时的心理描写，说明"对死亡的恐惧是生与死之间的一堵墙，只要克服这种恐惧，就能获得生的自由"。从而认为与"存在主义"所倡导的"以人为中心、尊重人的个性和自由"相一致。对此，笔者不敢苟同。虽然在这部短篇小说中确实隐含着这层"意思"，但更多反映的是作者的"介入"思想，这正如萨特自己所言："那是对西班牙战争的本能的情感反映。"

可不容置疑的是，无论"存在主义"与"介入"思想在《墙》中各占据了多少，都不影响作者通过这部短篇小说开启实践"文学创作"表达"哲学思想"的途径，以至于之后创作了更多"文学"与"哲学"完美结合的作品，诸如中篇小说《恶心》、长篇《自由之路》和剧作《苍蝇》《禁闭》《魔鬼与上帝》等，与其主要哲学著作《存在与虚无》《辩证理性批判》《存在主义是一种人道主义》等，使之成为"20 世纪世界思想发展史上一个里程碑式的首要人物"。

　　而这部短篇小说，尽管萨特在创作它的时候，其存在主义哲学思想尚在酝酿之中，它并不像《恶心》那样"充满了人物哲理性的感受与思考"，萨特在多年后接受采访时也表示："这不是一部哲学家的作品。"但鉴于其以标题"墙"为切入点，借助"墙"的多重形象及其隐喻意义，揭示了作者在这些"墙"背后所蕴藏的"某些模糊的存在主义思想"，即关于"选择""他人""荒诞"等哲学主题的思考，往往被认为是萨特文学作品中的"存在主义的萌芽之作"。

笔者从 1991 年练笔至今的三十多年里，因前二十多年主攻小说创作，阅读过大量中外小说名篇，而《大师和玛格丽特》，算是最不同寻常的一部。俄国作家布尔加科夫的这部长篇小说，其不同寻常之处体现在多个方面：断裂式的结构、离奇的情节、奔放的想象力、缺席的主人公。特别是最后者，这在其他小说中，显然是无法见到的。

确实，大凡"正常"的小说，主人公都是从头贯穿到尾，是全文出现次数最多、占据篇幅最大的人物。这部小说却明显不同，主人公在第十三章才"姗姗来迟"，而整部小说一共才三十二章加一个尾声。要不是作者特地以"主人公现身"作为该章标题，似乎没有读者会将其视为主人公。而且，这个主人公无名无姓，只有一个称谓"大师"。

更为奇特的是，就算主人公好不容易"现身"，在后面的章节中，也极为难得一见。他自第十三章现过身，到第二十四章才再次现身，其间整整相隔了十章。随即，又消失得无影无踪，等到第三次现身，已在第三十章，又相隔了整整五章。之后，他还算"恪守职责"，终于"坚持"到了结尾，不过，作者花在他身上的"笔墨"依然不多。

在一部长篇小说中，出现这般"名不副实"的主人公，是作者不熟稔小说创作技巧？答案无疑是否定的。其实，布尔加科夫在1928年底开始写《大师和玛格丽特》（原名《魔怪的故事》）之前，已是一名卓有成就的戏剧家，还创作发表了不少小说，其中包括中篇小说《魔障》《不祥之蛋》《狗心》和长篇小说《白卫军》等代表性作品。

那么，为何将主人公处理得如此"神龙不见首"？这应该与作者所处的环境有关。只要了解一下布尔加科夫的经历，我们不难发现：他从1920年起，由于创作方面的原因，开始受到公开批评，之后的人生几乎都在批判中度过。期间，他曾一度失业，濒临绝境时，写信向斯大林求助，才得以在莫斯科艺术剧院谋得"助理导演"一职。

身处这样的逆境中，选择在现实中"逃避"，分明是一种必然的心态。布尔加科夫，自然也不例外。据相关资料记载，他在住处被搜查、日记及小说原稿被没收、多次受到当局传讯、剧本屡次被禁演、文学作品被禁止发表后，分别于1929年、1931年、1934年数度提出与妻子一道出国或出国旅游的申请，均遭到了苏联政府的拒绝。

在现实中"逃避"不成，作为一名"不论处境何等困难，都应忠于自己的原则"的作家，布尔加科夫只好把这种"愿望"投射到正在倾注全力、反复修改、精心构筑的压卷之作的主人公身上——"请问尊姓？""我再也没有姓氏了。"奇怪的客人的回答里含着悲愤和轻蔑，"我放弃了生活中的一切，也同样放弃了自己的姓氏。忘掉它吧。"

作者不仅让主人公放弃了自己的姓氏，还让他通过博物馆发给自己的公债券中了奖，得到了十万卢布，买了许多书，租了阿尔巴特大街一条小胡同的一个小花园的一座小楼的两间底层——半地下室（可见"逃避"之深），辞去博物馆的工作，开始在那里创作有关丢·彼拉多的小说。后来，主人公还将那个时期视为自己的"黄金时代"。

然而，即便作者让主人公放弃姓氏、隐居遁世，极少安排他"出场"，也不忽视其"身份"——"您是作家？""我是大师！"对于他的那部小说，虽被出版社退稿，在报纸附页节选发表后，使自己被"打击"到"心理病变"，最终只得将它烧毁，可其影响力被描述已渗透到文中"三界"。这从侧面反映了作者对自身地位和作品价值的认定。

事实上也是。在世时"不受待见"的布尔加科夫，去世五天后，被苏联著名作家法捷耶夫赞誉为"一个惊人的天才"。他的这部写了十多年的小说，生前曾遭大量删节并一度被禁，1966年末重新出版后，受到了数代读者的高度好评。他就是《大师和玛格丽特》中的"大师"，处于一个荒诞的时代，尽管被严重"缺席"，但其影响广泛而深远。

《第六病室》的创作心态及作者处境

中国现代作家茅盾曾说："在世界古典文学中，契诃夫是中国人民和中国作家最喜爱的作家之一。他的伟大的名字很早就已经为中国人民所知道。"确实，对中国读者和作者来说，契诃夫应该算是国外作家中最著名的一位，他的短篇小说《套中人》《变色龙》《苦恼》《万卡》等分别入选我国中小学语文教材，为我们耳熟能详。笔者从事文学创作后，对他的作品情有独钟，几乎阅读了他所有的中短篇小说，并深受其文风的影响。

而在契诃夫的众多小说中，最令笔者感到震撼的是《第六病室》。该小说讲述了在偏僻小城的一家医院里，院内有一幢名为"第六病室"的厢房，里面关着五个被当作疯子的病人，其中之一是出身贵族的伊万·德米特里奇，他因对社会不满和对现实的清醒认识而精神崩溃。医生安德烈·叶菲梅奇是这家医院的管理者，他想为医院建立一种合理健全的秩序而无能为力，于是开始逃避现实，但内心充满苦闷和矛盾。后来，他在跟伊万·德米特里奇的争论中，渐渐觉悟和清醒，可很快也被当作疯子关进了第六病室，最终遭迫害致死。

应该说，这部中篇小说没有离奇曲折的故事线索、没有大起大落的跌宕情节、没有重大的历史事件、没有复杂的人物关系，它像契诃夫之前创作的小说一样，以普通人们的日常生活为题材，通过一个"典型环境"和一群"典型人物"，凭借巧妙的艺术手法，对现实生活和人物心理进行真实细致地描绘，勾勒出一个"时代背景"，反映一个"中心思想"，让读者认知和体会其含义。然而，这部小说显然有些不同，它除了"继承"上述的那种"固定模式"外，作者在创作时改变了之前不问政治的心态，开始揭露沙俄专制制度下的内幕。

关于这一点，只要了解一下它的创作背景，我们就不难发现：在这部小说发表前两年的"1890 年 4 月，契诃夫从莫斯科起程赴库页岛旅行，7 月抵达，调查囚犯生活，10 月回程，12 月抵达莫斯科"。据传，那次旅行，让契诃夫见识了库页岛的惨状和西伯利亚那些城市的贫穷，使他对黑暗的现实有了更加深刻的了解，他在给好友、当时沙俄最大的民营报业主苏沃林的信中这样写道："除了绞刑以外，我什么都看见了……我知道了许多东西……我觉得萨哈林岛简直是一座地狱。"

正因为这种心态的驱使，让契诃夫在创作《第六病室》时，一改之前所持有的"朴素的民主主义思想"，深度融入了自己的"政见"，描绘出一个"黑暗、腐朽、令人窒息"，并"像监狱一般阴森可怕"的社会，无情地揭露了沙皇统治下的不合理的社会制度和社会的丑恶现象。于是，1892 年冬天，这部小说在《俄罗斯思想》一经发表，便震动了整个俄罗斯，被称为"整个俄国文学中最可怕的小说"。据说，年轻的列宁读完后说自己害怕得"好像也被关在六号病房里了"。

可以这么认为，《第六病室》是契诃夫小说中极具代表性的作品，它不仅标志着他在文学创作上的成熟，也是他批判现实主义风格的集中体现。随后，他的作品日臻完善，并进入了创作高峰。1904 年，年仅 44 岁的契诃夫因病离世，同时代的俄国批评现实主义文学巨匠列夫·托尔斯泰动情地评价道："契诃夫创造了新的形式，因此，我丝毫不假作谦逊地肯定说，在技巧方面，契诃夫远比我高明。"20 世纪最杰出的德国作家之一托马斯·曼更是认为："毫无疑问，契诃夫的艺术在整个欧洲文学中属于最有力、最优秀的一类。"

特别值得一提的是，作为"俄国 19 世纪末期最后一位批判现实主义大师"，契诃夫尽管猛烈抨击沙皇专制暴政，不过并未像斯大林时期的苏联作家那样被封禁、流放、驱逐出境，甚至于枪决。尤其是在《第六病室》问世后，他还于 1900 年被选为科学院文学部荣誉院士。究其原因，虽然他身处沙俄最黑暗时期，可鉴于当时的沙皇对西方文明的羡慕和追求，知识分子面临的处境相对较为宽松，从而使得契诃夫免受数十年后布尔加科夫、帕斯捷尔纳克、索尔仁尼琴、巴别尔等人的那般遭遇，这不能不说是一种幸运。

　　芥川龙之介是新思潮派的代表作家，素有"日本文坛的鬼才"之称，与森鸥外、夏目漱石被后人称为"20世纪前半叶日本文坛上的三巨匠"。出生于1892年的他，自1912年1月创作《大川之水》起，至1927年7月服下致死量的巴比妥自杀前一天完稿《续西方人》，在短短的15年的创作生涯中，创作了148篇小说，代表作有《罗生门》《鼻子》《阿富的贞操》《烟草与魔鬼》《玄鹤山房》《橘子》《沼泽地》《竹林中》《河童》《某傻子的一生》等，其中最为中国读者熟知的是短篇小说《罗生门》。

　　《罗生门》创作于1915年，据说当时的芥川龙之介正失恋中，在悲观厌世情绪的驱使下，将目光投向了古典题材。这篇小说的情节取材于日本古典故事集《今昔物语》，讲述了战争年代的某天薄暮时分，有一位被主人赶出门的仆人，来到一个叫作"罗生门"的堆满死尸的地方躲雨，正当他在"做强盗"还是"被饿死"之间纠结时，偶遇了一位以拔死人头发为生的衣衫褴褛的老妇人。于是，走投无路的他，为了生存邪恶顿生，剥下老妇人的衣服，逃离了罗生门。从此，再也没人见到过他了。

应该说，这篇以历史题材创作的小说，尽管反映了一个天灾人祸横行、社会动荡、经济萧条、民不聊生的乱世，批判了"虽然我很可恶，但是我作恶的对象也是恶人，所以我的恶亦是可以原谅的"这种"利己主义"的思维模式，一方面揭露了社会的黑暗和现实的丑恶，另一方面对人性本质提出了怀疑和对"要道德、良知还是要生存、活命"这种伦理进行了拷问。但整体上情节简单、主题直露，其艺术性与思想性与后来创作的《鼻子》《竹林中》《河童》《某傻子的一生》等相比都有着一定的差距。

就连日本电影大师黑泽明拍摄的《罗生门》，虽然与这篇小说同名，但实际上只选取了它的场景作为背景和保留了仆人这个角色，其情节则主要取自芥川龙之介的另一部短篇小说《竹林中》。比《罗生门》迟六年创作的《竹林中》，同样取材于《今昔物语》，通过多个角色的视角，讲述了一个复杂且多角度的故事。然而，相对于《罗生门》，《竹林中》不仅更丰富地展示了人性的多面性与道德判断的复杂性，还更全面地展示了作者对人性深刻的洞察和理解，堪称芥川龙之介历史小说中的经典之作。

可同样是芥川龙之介的短篇小说，既然《竹林中》比《罗生门》具有深远的文学价值和哲学思考，那么"走红"的为什么偏偏是《罗生门》呢？这显然牵涉到了关于文艺作品"命运"的话题。其实，每一部文艺作品，有着各自的"命"与"运"。像《竹林中》和《罗生门》这两篇小说，均由芥川龙之介创作，从某种意义上说，它们的"命"是相同的，但它们的"运"，鉴于创作时间与流传方式的不同，也就存在了明显的差异。《罗生门》之所以比《竹林中》"著名"，或许是因为它相对比较幸运吧！

确实，《罗生门》能在中国（国外的情况不清楚）如此"走红"，无疑跟"罗生门"这个"热词"息息相关。据悉，"罗生门"一词，出自日语，原称"罗城门"，意为"人世与地狱之界门"，延伸为"事实与假象之别"。通常，事件的当事人各执一词，事实真相扑朔迷离，最终陷入无休止的争论与反复时，便被称为"XX罗生门事件"。至于这个词，何时在中国"变热"？由于资料的缺失，笔者无法悉知。但其衍生和流行，据相关资料记载，与《罗生门》这篇小说以及黑泽明拍摄的同名电影密不可分。

　　追根溯源，笔者认为存在如下因素：一、作者极其偏爱此小说，不仅将其篇名作为首部短篇小说集书名，还是以笔名"柳川隆之介"发表的唯一被收录其中的作品；二、此小说系芥川龙之介作品中最早被介绍到中国的两篇之一，时间是20世纪20年代，译者为鲁迅；三、早在1950年，同名电影在日本首映，之后在多个国家（包括中国）上映，并荣获多项国际大奖；四、此小说的寓意正好切合社会上某类现象。于此，"罗生门"便成了新闻报道与日常生活中的热词，无限扩大了此小说的影响力。

雷蒙德·卡佛是美国当代著名短篇小说家，被后人视为"继海明威之后美国最具影响力的短篇小说作家""美国 20 世纪下半叶最重要的小说家"，还被奉为小说界"简约主义"的大师。艾丽丝·门罗是首位获得诺贝尔文学奖的加拿大作家，被称为"当代短篇小说大师"，甚至被誉为"加拿大的契诃夫"。

这两位作家，估计没有人会把他们联系起来。但在文学创作技巧上而言，我愿把他们称为兄妹——门罗虽然还在世，但比卡佛大七岁，不过我愿视卡佛为门罗之兄，因为卡佛的影响力先门罗进入我们的视域。他们都是"造势"高手，卡佛以"场景造势"，门罗以"心理造势"，最终将故事推向高潮。

对于编剧或导演来说，卡佛的"利用价值"较门罗明显，因为影视是一种视觉艺术，"场景造势"比"心理造势"运用起来直观有效。我编剧的首部电影剧本《本乡有案》将故事情节推向高潮的过程，就借鉴了卡佛的"场景造势"的手法。

而将卡佛称之为"极简主义大师"，将门罗视为"加拿大的契诃夫"，我觉得基本上是在扯淡。

卡达莱是一位卡夫卡类的小说家

最新报道：当地时间 7 月 1 日，阿尔巴尼亚当代最著名的作家和诗人、首届布克国际文学奖得主、诺奖热门候选人伊斯梅尔·卡达莱逝世，享年 88 岁。

我两次购买过他的长篇小说，前一次在七八年前，买了《亡军的将领》《梦幻宫殿》《破碎的四月》的二手书；后一次在两三年前，买了《金字塔》的新书。前一次买的三本，第一本已读完，第二本陆陆续续读了三分之一，第三本还没读；后一次买的那本，还没拆封。

读了《亡军的将领》之后，卡达莱便成了我心仪的作家。在 2021 年和 2022 年，我曾两次在朋友圈提及他，表示了自己对他的喜爱。他的作品将荒诞性与批判性融为一体，这也正是我近十多年小说创作的方向和呈现的风格，尽管我已至少五年没写小说了。

现在，我每碰到一位优秀的作家，总喜欢把他们跟卡夫卡对比，也爱跟诺奖扯上一点关系。卡达莱的作品虽然还没到卡夫卡的高度，但他没有获取诺奖，绝对不是他的损失，而是诺奖评委会的损失。

最后，想说的是，卡达莱是一位离奇的人物，他的经历让人捉摸不透。不过，他还是挺幸运的，过上了自己想过的日子，写出了自己想写的作品，活的时间也不算短，而且如愿地写到逝世为止。

伊恩·麦克

伊恩·麦克尤恩是一位三流小说家

在网上读了英国当代小说家伊恩·麦克尤恩的三篇短篇小说《夏日里的最后一天》《立体几何》《家庭制造》。

这三篇短篇小说给我的整体感觉，他细节描写颇有一手，能把日常生活中的细节写得很生动、很有意思，吸引着你读下去，这方面蛮厉害的。但他的短篇小说存在的问题也很严重，基本上都没有呈现出时代的特征，也就是没有什么时代性，里面的故事也缺乏张力。

譬如，《夏日里的最后一天》，用极为舒缓的语调讲述了一个相对平淡的故事，而且写得过度琐碎，对主题没有任何提升；《立体几何》，差不多是一个类型小说，采用双结构的方式，讲了一对夫妻在婚姻中产生了不可调和的矛盾，男主人公利用他祖父日记中的立体几何的手法巧妙地谋杀了女主人公。这个小说，无论从社会层面还是人性层面，都没有深度可言。唯一出彩处，就是想象力异常丰富，想象出了"利用立体让事物消失"这么一个点子；《家庭制造》，比起前面两篇尤为单薄，就单线型地讲述了一个学坏的孩子，为了急于向世界证明自己已成年，跟10岁的妹妹发生了一场乱伦。除却作者擅长的细节描写上的优势，这个小说谈不上有什么可取之处。

我听说伊恩·麦克尤恩，是在前几年，当时，在一个微信群里，有一个对他无比推崇的女诗人，向我推荐了他。那年春节前后，我上一家二手网上去购买他的小说集，因为缺货，改买了他的一部长篇小说《甜牙》。后来，由于我有躺在床上读书的习惯，而那本《甜牙》并非新书，并且有点污迹，给我的感觉不洁，自然不适合拿到床上，所以一直没阅读。前些时间，眼看着手头有几张购书券快过期，便去新华书店用券购书，重新想到了他的短篇小说集《床笫之间》，结果没货。

这次，我又怀着好奇心，从网上搜到了他的三篇短篇小说。可细读之后，发现在他的短篇小说里，看不到对被写的那个时代的体制、社会和人性的深层次思考。这只能说，他是一位偏通俗作家，不是一位严肃作家，跟近些年我重点关注的阿尔巴尼亚当代小说家伊斯梅尔·卡达莱相比，还存在着非常大的差距。

然而，令我惊讶的是，在网上搜索他的相关情况时，发现很多作家、评论家在推崇他。这是他们的阅读品位使然，还是进口他图书版权的书商在暗箱操作？不得而知。但无论如何，通过这次阅读，至少在短篇小说创作上而言，伊恩·麦克尤恩在我看来，不过是一位三流小说家。

伊凡·克里玛不同小说的品质差距

　　偶在"世界文学"公众号上，读到一个短篇小说《奇怪的父女关系》，由衷赞叹！回看作者系捷克作家伊凡·克里玛，便想起几年前买过他的一套短篇小说集和一部长篇小说。当时，读了短篇小说集《爱情对话》中的同名小说，不甚喜欢，便将三本书束之高阁。

　　现再"遇"伊凡·克里玛，感觉自己可能低估了他的创作水准，便重新找出他的三本书，发现《奇怪的父女关系》就收录在短篇小说集《爱情对话》中。于是，当即阅读该集同一组"三个奇怪的故事"中的另两篇《富人通常是些怪人》《医生的女儿》。读后，颇感失望，虽谈不上差，但与《奇怪的父女关系》相比，无论是构思还是内涵，都存在一定差距。

　　转而一想，也就理解了：任何一位作家，就其创作状态，总是高峰与低谷俱存，实在不能苛求其篇篇精品。就算伟大如鲁迅先生，不也写有稚嫩如初中生作文的《一件小事》？其实，对于一位作家，毕其一生创作，能有一篇传世，也就足了！

古尔纳的《囚笼》与《博西》

定居英国的坦桑尼亚作家阿卜杜勒-拉扎克·古尔纳荣获诺贝尔文学奖，全网转载他被译成中文的短篇小说《博西》，并被一大帮作家好评如潮。我第一时间寻来"拜读"，说实在是打着瞌睡读完的，整体感觉不怎么样——结构混乱、层次不清，也没多少深度。

据了解，这个短篇小说，写于古尔纳 35 岁之前，或许还只是他的练笔之作，相信他后来的长篇小说一定很棒。但我们去迷信这么一篇不甚优秀的小说，不仅"抬高"不了古尔纳的创作能力，反而"拉低"了自己的欣赏水准，并呈现了一种盲从的心理。

后经九三学社一位同仁提醒，《博西》不是阿卜杜勒-拉扎克·古尔纳被译成中文的唯一作品，他还有一篇短篇小说《囚笼》与《博西》一起被收录于译林出版社《非洲短篇小说选集》中。于是，寻来一读，发现比《博西》好一些，比较成功地塑造了两个人物——因"爱"从"自闭"走向"开放"的杂货店店员哈米德和假正经的酒吧女茹基娅。

据了解，这篇《囚笼》发表于 20 世纪八九十年代，比《博西》（1983 年之前）可能迟一些，整体看比《博西》成熟不少，几乎没了

"实验"的痕迹。当然，还没达到"深刻"的程度——只孤零零地塑造了两个人物，没有很好地把他们"放置"在所处的时代背景里。也就是说，这篇小说没有过多地介入那个时代，只单纯地讲了一个故事。

期待他获诺奖的那些长篇小说被译成中文，供我们阅读欣赏。

《六十个故事》与它的作者布扎蒂

有一次去新华书店，偶尔翻到一本叫《六十个故事》的书，开始以为是一部民间故事集，细看是一部短篇小说集，这位作者以前没听说过，叫"迪诺·布扎蒂"，是意大利的一位小说家，被誉为"意大利的卡夫卡"。冲着对卡夫卡的热爱，现场看了其中的第一篇小说，标为《七名信使》，觉得蛮有意思的。于是，当即买下，定价68元。

当夜，抽空看了其中几篇，感觉质量参差不齐——《有人敲门》，有些像恐怖小说，结局挺出乎意外的，但有故作虚玄之感，不是特别喜欢；《安那哥的城墙》，写得特别棒，比卡夫卡的易读，但颇有寓意，不失为上乘之作，算是我近年难得读到的；另外，应该还看了一篇，但由于夜太深了，当时异常瞌睡，是在半梦半醒间看完的，不知道写了些什么，现在连题目都已忘记，想必不是一篇好小说。

作为一名小说家，我们不能要求其篇篇佳作，在众多小说里能有二三篇，已经非常了不起了。所以，接下去几天，我将继续了解这位"意外文客"。

《〈局外人〉的诠释》：萨特的醋意之作

这几天重温萨特的作品，读了他的《〈局外人〉的诠释》，几乎感受到了他对加缪及其代表作的满腹醋意。

其实，加缪的《局外人》自诞生以来一直好评如潮，如今更成了妥妥的小说经典，但在萨特看来：主题"并不是全新"、叙述"显示了美国技巧的痕迹"、情节"揭示了加缪的某些偏见"、人物"（与读者之间）放置一块玻璃隔板"、句子"都是孤岛"、结局"不可能有另外的"，写到最后他不再遮遮掩掩，干脆说这部小说"清晰、枯燥""不能被称为故事"，甚至不承认它是长篇小说，"如果把它称作长篇小说，也只是与《查弟格》和《天真汉》相似的那种小说"，说"它却是与（前几个世纪的）伏尔泰的小说一脉相承的"。

从中可见，文人相轻是一贯的，不光光现在，以前也是这样；也让我们窥见了萨特的小心眼，说明最怎么厉害的人物，也不可能是完美的，因为毕竟他们只是"人"不是"神"。

我读过鲁迅先生的所有小说，感觉他写得最差的一篇，是入选语文课本的《一件小事》。如果满分 100 分，他的其他小说都是 70 分以上，那这篇只能打 45 分。

那为什么鲁迅先生会写出这么差的小说？窃以为，《一件小事》的题材，根本不是他的"菜"。众所周知，鲁迅先生是一位批判现实主义大师，对于"批判"得心应手，但对于"表扬"自然就束手无策了。而《一件小事》，是一篇表扬文，据说是鲁迅先生的跟风之作，所以再怎么看，都是那么别扭，甚至在他的小说里显得格格不入。

有人说，既然写得那么差，为什么语文课本还会选用？那是因为咱们的语文课本，从来都不是选最优秀的，只是选最合适的。而这篇《一件小事》，在鲁迅先生小说里，是一篇"正能量"小说（这是咱们的语文课文迫切需要的），而且正好适合中小学生阅读（再深刻一些的，中小学生未必能理解），所以也就被"幸运"地选中了。

不过，鲁迅先生也是挺了解自己的，知道不擅长这类小说的创作，也就写了这么一篇，就赶紧"收手"了，如果再多整几篇出来，无疑将拉低他小说的整体水平线。

而我们看待文学作品的时候，要理性地去分析、理解，不能因为莫名其妙地获了个奖，或者获了个莫名其妙的奖，有一批莫名其妙的人在吹捧，就跟在他们屁股后面莫名其妙地唱赞歌。

余华花七年时间磨出的一剑——长篇《第七天》上市之初，便遭遇了读者的吐槽兼炮轰。吐槽的批评余华"肤浅""生硬""微博化""这是小说吗？等了七年，余华，原来你只是在闭门剪报"。炮轰的则直接痛骂："这是有史以来最烂的余华作品，比几年前的《兄弟》更有骗钱嫌疑，属于'阅后即焚'级别。"（引言摘自《都市快报》）

余华作为一名优秀的小说家，创作的《活着》《在细雨中呼喊》和《许三观卖血》等作品，其对人性的关怀和对体制的批判，无不闪烁出耀眼的光华，曾一度照亮整个中国文坛。而他在近几年推出的所谓力作《兄弟》和《第七天》，因何屡遭读者的如潮恶评？其实，每位作家都存在"短板"，余华自然也不例外。而他在创作上的"短板"，无疑就是书写"当下"。

为何书写"当下"，会成为余华的"短板"？这显然跟他经历有关。众所周知，任何一位作家，书写某个领域时，首先要求"介入"。余华之前的作品之所以能取得如此成功，很大程度上取决于其对那些作品所描述的生活的熟稔和感悟。而从《许三观卖血记》取得成功之后，在离当前的那些年时间里，他虽然生活在中国"当下"，但由于身份和地位"迥异"，已不可能做到真正的"介入"。而他的失策之处，明知是"短板"，却刻意为之，惨败自然在所难免。

写到这里，笔者还发现一个有趣的现象：余华的《兄弟》和《第七天》惨遭读者恶评的同时，总有一大批著名的评论家进行高度评价。这中间不排除人际关系和利益纽带的成分，但相信也有一部分是发自肺腑的。为什么会出现这种逆袭现象，其实也涉及"介入"的问题。这些评论家由于顶着"著名"的桂冠，跟余华本人的情况如出一辙，虽然生活在中国的"当下"，但实质上已跟"当下"严重脱节。

第五辑

写作的风险

我觉得写作是一件冒险的事情。为什么我说写作是一件冒险的事情？我自己是高中毕业以后开始写作的，已经写了二十多年了，但是现在回想当初的选择，其实还是感到有一种后怕。我发现自己在写作上一路走过来，中间有很多很不确定的因素，所以说写作是一件冒险的事情。写作，它不是像做手艺一样，比如做木匠呀，做油漆匠呀，只要你能够付出，一般来说就能赚到钱，可以把事情做好。但是写作，有很多因素是不确定的。比如，有一些作者，现在都五六十岁了，他们也是二十岁左右就写的，到现在写了这么长时间了，可能也没有什么成果。这就是说，不是说你付出了，就能够得到。

首先呢，写作需要天赋。如果没有天赋的话，就算你再怎么努力，也不一定能够写得好。比方说，同样是小学一年级的学生，都没有受过写作的训练，如果让他们去写心情日志，有些可能写得生动活泼，有些可能写得很死板，就是一句话：今天我去哪里玩了，好开心呀！就这样写好了。有些他可能会描写，虽然写不出的字是用拼音的，这就是天分。再比方，两个成人，他们开始写作了，都是写长篇小说，有一个他写的第一部长篇小说，很快就能引起反响，被人家关注，像韩寒呀，我们不去考虑他写的东西是不是他老爸帮他写的，如果是他自己写的角度来说，那他一定是有天分的。同样年纪，很多人写了好多年写不出来，但是他写出来了。这跟学钢琴一样的，有些小孩子可能学了很长时间，但就是学不好。但有些小孩子一学，就能够学得很好，像李云迪、郎朗这些人，他们就是有天分。这个和写作一样，看你有没有天分，有天分的话，那就会不一样。

这个天赋，是分两个方面的。一个方面是先天的，就像刚才我说的小孩子，他确实对这个东西有天分。另一个方面呢，就是后天的。后天的天分，应该是前面的时候很难觉察的，你可能做了这个事情后，觉得在这方面挺有天赋的，这就需要通过阅读啊、生活啊、思考啊来积累的。比如，我自己开始写作是在高二高三的时候。当时，我们班里有三个同学喜欢写作，除我以外，还有一个男同学和一个女同学，他俩初中的时候就开始写了，等我开始写的时候，他们两个已经写得很好了，也杂志上、报纸上已经在发表文章了，我是三个人中写得最差劲的。其中，那个女同学因为高中的时候作文获过奖，高考的时候还给加分的。可以说，在先天的天分上，我肯定不如他们。但是到现在为止，回顾我们三个人，他们两个，男的那个在搞室内装修了，跟写作已毫无关系；女的那个在一所学院当英语老师，跟写作也没什么关系了。而是当时写得最差的那个，我还在坚持。所以，这个后天是有很多因素的，不是你有天分一定能走得远。这应该说，也是一种冒险。

另外呢，还要有阅历。这个阅历，并不是学历，是生活上的节点，它跟写作的关系也是很大的。如果一个人经历很丰富，写出来的东西相对也会比较丰富。如果一个人，一辈子做同样一个职业，生活在同样一个地方，他如果要写得很出彩的话，就有一定的难度。像福克纳那样的作家，毕竟是少数，他始终在一个小镇上生活，能把那个小镇写得那么丰富。有一种说法：磨难，是作家取之不竭的财富。

其实，我高中刚读好的时候，因为考不上大学嘛，那时有一个选择，让我在镇上当老师。当时我们镇的镇长对我说，我们镇上有很多所学校，你去挑一所学校当语文老师。当然，我不是说当老师不好，只是那时我已想成为一个作家，我觉得当老师，因为我们镇在山区，就待在一个地方，对我以后的写作是不利的，所以我后来还是拒绝当老师，到外面去打工了。包括我现在的小说题材，一个是关于打工生活的，另一个是关于农村生活的，都是跟我的生活经历息息相关的。我能走到现在，这都是跟我的那些经历有关系的，没有那份经历的话，那可能也走不到今天。所以，我觉得写作跟阅历有关系。

我认为写作和思想的关系也很大的。其实写作写到最后，也不是拼天赋，而是拼思想。思想有多远，你的写作才能走多远。思想要是很肤浅的话，那写作也就很肤浅了，在写作的道路上也是走不长的。加缪、萨特、卡夫卡、鲁迅，他们为什么能够成为文学大师？并不是说他们作品的语言怎么优美、故事讲得怎么动听，是因为他们有思想，就取决于这个。这也是一个冒险。因为有些人写到老，写了一辈子，写出来的都是些很平的东西，根本没什么起色，这也是很多的。能够冒出来的，当然我说的这个冒出来，不是说那些写类型文学走红的畅销作家，而是真正冒出来的那种，像鲁迅呀这些，都是靠思想来积淀的。

说到小说，我觉得有三个度，一个是厚度，一个是深度，还有一个是高度。厚度，一般来说，虽然不是很多，但好些作家能够做到，像路遥《平凡的世界》是有厚度的，它能够跟历史结合起来，能够跟时代结合起来。如果只写了一个爱情小说，小资情调的，这个就谈不上厚度了。第二个就是深度，深度应该说比厚度更难操作，更难达到，像鲁迅的《孔乙己》《阿Q正传》，余华的《活着》《许三观卖血记》，它们都有一定的深度，能够跟体制什么的结合起来，跟时代的关系很密切，通过他们的小说，能够让以后的读者看到这个时代某些特定的东西。还有一个就是高度，高度这个更难，就像加缪的《局外人》，卡夫卡《饥饿艺术家》《城堡》，它们是有一定高度的。为什么说它们是有高度的？高度是已经上升到哲学的层面上，读者能够通过他们的小说，对命运、灵魂有一种思考有一种感悟。这三个度，从厚度到深度再到高度。

我为什么说这三个度呢？因为这三个度都跟思想相关的。没有思想的话，你就是写一辈子，你的作品都不会有这三个度，最终只会被时间所淘汰。像我们中国当前的话，可能写到有厚度的，还是有一部分作家的；有深度的就比较少，可能也就只有几个样子；有高度的，那就几乎是没有了。像莫言获了诺贝尔文学奖，但是我觉得他的作品深度是有点的，但离高度还有很大的差距。这也就是写作本身的风险，你付出了，并不一定有回报。就是我要讲的第一个风险。

第二个风险是生活上的风险。其实你们也都知道，那个写作，不是写网络小说，不是写影视作品，真正搞纯文学的话，生活上都比较穷的，因为它不是盈利的一个模式。你们肯定也知道，中国的一些诗人，因为生活上比较拮据而自杀的也很多，因为他们生活不如意嘛。像前些年广东有个诗人，他的诗写得挺不错的，因为生了一对双胞胎，生活压力太大，在广东这种城市，又有双胞胎要养，后来被生活压得透不过气，就选择了自杀。当然，这种行为是不可取的。你自杀了，虽然压力没有了，但人都没有了，任何东西都失去了。就是诗人，更容易碰到这种问题，他们写诗，可能比我们写小说、写散文，在生活上更贫穷。

所以，我有时候会跟杭州的一些诗人朋友开玩笑：你们没自杀，是因为房地产拯救了你们。现在很多诗人都在写房地产广告了，在做房地产营销策划了，写楼书呀什么，他们写得特别精彩，因为他们把诗的语言用在广告写作上，收入也比较丰厚。也因为是房地产拯救了他们的生命，很多诗人后来也不再写诗了，因为生活得挺好的，他们也就把写诗放弃了。所以说生活层面上也是挺有风险的。

像我有一个文友，是陕西那边的。以前写小说写得还是挺好的。他当时就想，自己小说写得那么好，就专门去写小说了，靠写小说来养家糊口。结果后来越写越差了。为什么？因为你要靠写作作为经济来源，就要追求一定的数量，就要发表来挣稿费。他后来跟我说，为什么自己越写越差呢，水分也很多。所以，我就跟他说，你还是先找个工作吧！把写作作为一个副业，不要作为一个主业。因为作为主业的话，你就会追求数量，你就会追求经济。后来他又找了份工作，小说质量又重新回归到了以前那种水平。所以，我觉得从经济方面来说，它也是一个风险。

从家庭层面上来说，据我了解到的，现在很多作家，特别是一些女作家，离异的很多。因为写作这种东西，从情感上来说，感性的成分比理性的多一些。她们可能会比较浪漫，追求的东西也会不一样，对家庭可能不是很有利。当然，男作家也一样，有些对家庭不是很关心，经常跟文友去采风啊，去聚会啊。我常碰到这样的情况：春节的时候，正月初一什么的，有文友打电话给我，你现在在哪里呀？我们在这边玩，你跟我们一起来玩吧。我一般都是拒绝的，我觉得家庭还是比较重要的。正月初一，亲戚都要来做客，肯定要招待他们。作家很多自由散漫，对家庭不负责任，可能也是性格所造成的。所以，如果我们写作的话，这个度我们要把握好。

至少我们要做到，在写作的时候，你是一个作家；在不写作的时候，在日常生活中，你就是一个平常人，不要把自己当一个作家。这样的话，可能对你自己更有利，能够把写作做得更好。我们很多时候会碰到这样一些人，比如那些画画的，有些可能确实气质造成的，他养着长发，看起来很干净，是一种风度。还有一批人，东西画得一塌糊涂，但就爱追求形式上的一些东西，把头发养得很长，但又不搞干净，两三星期洗一下，邋邋遢遢的，给人感觉不伦不类的。我觉得不要去追求形式上的一些东西，要从内心上去追求，真正的作家，真正的艺术家，不是看外表，也不是看形式，而是看内在的。这就是生活上的风险。

第三个风险是政治层面上的风险。说这个话的时候，我觉得中国的作家 99% 是不存在这个风险的。为什么这么说？因为中国的作家有误区，他不是真正为内心而写作，也不是真正为良知而写作，他更多的是追名逐利。他们没把写作当作内心的需求，更多考虑的是谋取一些地位，谋取一些名气，包括追求金钱。你说写作完全抛弃这些，当然也是不可能的，特别我们生活在一个经济时代。但是如果太注重这些的话，那你的写作其实就走偏了。那你不应该去写作，你应该从事另外的职业，比如去当官呀，去做生意呀。既然你选择写作的话，方向还是要明确的。

为什么我说在政治层面上，写作会是一种冒险呢？因为真正写作，写到最后的话，会涉及良心层面上的东西，对社会比较阴暗的地方，会进行批判。包括鲁迅也是这样，当他写到某种程度的时候，发现社会上有很多不好的地方，他就希望通过自己的笔，把它写出来以后去改变这个社会。所以，鲁迅在写作的时候，换了很多笔名，还经常跑来跑去的，因为当局要抓他嘛。

这是我说的写作的三个风险。如果你想成为一个作家，想在这条路上走下去，可能就会遇到这三个方面的风险。所以，你要做好心理准备。如果你想回避这三个方面的风险，那么你可能就不会成为一个真正的作家。

写作的意义

讲到这里，你们肯定会说，既然有这么多风险，那为什么还要写作呢？下面我就讲第二个话题：写作的意义。为什么有这么多风险，我们还要写作写作呢？我觉得写作至少有四个方面的意义：

第一个方面，是最基本的，它能改变自己的命运。像我自己，应该说本来是农村一个普通的高中生，如果没有写作的话，可能现在在做油漆工，在做木匠，因为我的第一份工作就是搞室内装修。但是因为我那时候想成为一名作家，想通过写作改变自己的命运，就开始了写作。要是没有写作，我现在也不可能坐在这里给你们做讲座。所以，我觉得写作就是改变命运的一个途径。你们也知道，有一位作家叫"余华"，本来是一个牙医，就是在小镇上给人家拔牙齿的。但是因为写作，他改变了自己的命运，成了一个很有名的作家，包括在外国也挺有名的。所以，从第一个层面来说，写作可以改变自己的命运。

第二个方面，写作现在可能不能赚很多钱了，但可以受到别人的尊重。写作现在不像以前很风光，但是相比其他的职业，写作相对比较受尊重。说实话，现在社会上，势利的人还是比较多，我们必须面对这种现实。打个比方，开个同学会，你如果是一个农民，人家叫你参加，你不参加也就随你了，但如果你在写作上有了点名气，尽管你还很贫穷，也没有当官，但他们会多次邀请你，他们会因为是你的同学而引以为豪。在很多场合，我们写作的和别人在一起，比如跟当官的，跟做生意挣大钱的，也没必要低三下四，他当官职务大，他做生意钱赚得多，但你在写作方面也有自己的成就。从这个层面来说，写作还是比较受尊重的。

第三个方面，我觉得写作可以让自己活得更有尊严。为什么这么说呢？如果是另外的行业，比方说如果你做了一个商人，你要表达自己的心里话，那是有一定的难度。但如果你作为一个作家，有一个好处，你可以把对这个社会的看法，把自己的见解，通过文字向社会表达出来，让很多人听到你的声音。我觉得这样一来，你就活得比较有尊严。很多人在这个世界上生活了一辈子，从出生到老死，什么东西都没有留下。但是我们写作的人，至少能留下我们的文字。你的文字，就是你的生命！这就是你对所处的时代发出了自己的声音。你问我为什么写小说？倒不是因为这个故事好看，我要写出来。不是的，小说不是这么回事。写小说是通过写这个故事，来传达我的情感，发表我的思想。如果一篇小说，你写了一个故事，读者只是觉得挺好看的，挺有意思的，它没有真正成为一部小说。一部真正的小说，应该是通过这个故事，来发表你对整个社会的见解。比如鲁迅，他觉得民国时期的那个三民主义还存在不足，所以他就写了《阿Q正传》，来集中反映这方面的问题。比如，他很看不惯那种封建礼教，就写了那篇《祝福》，通过祥林嫂的故事，来揭露社会的阴暗。当然，他写这些小说，是想让更多人了解那个现实，改变那个现状。

讲到这里，你可能明白了，写作有这么多的风险，但我们还是要坚持写作，因为它还有那么多的意义，让我们在这条道路上坚持走下去。